新潮文庫

深夜特急 5

—トルコ・ギリシャ・地中海—

沢木耕太郎著

新潮社版

5277

目次

深夜特急5

―トルコ・ギリシャ・地中海―

第十三章　使者として

トルコ

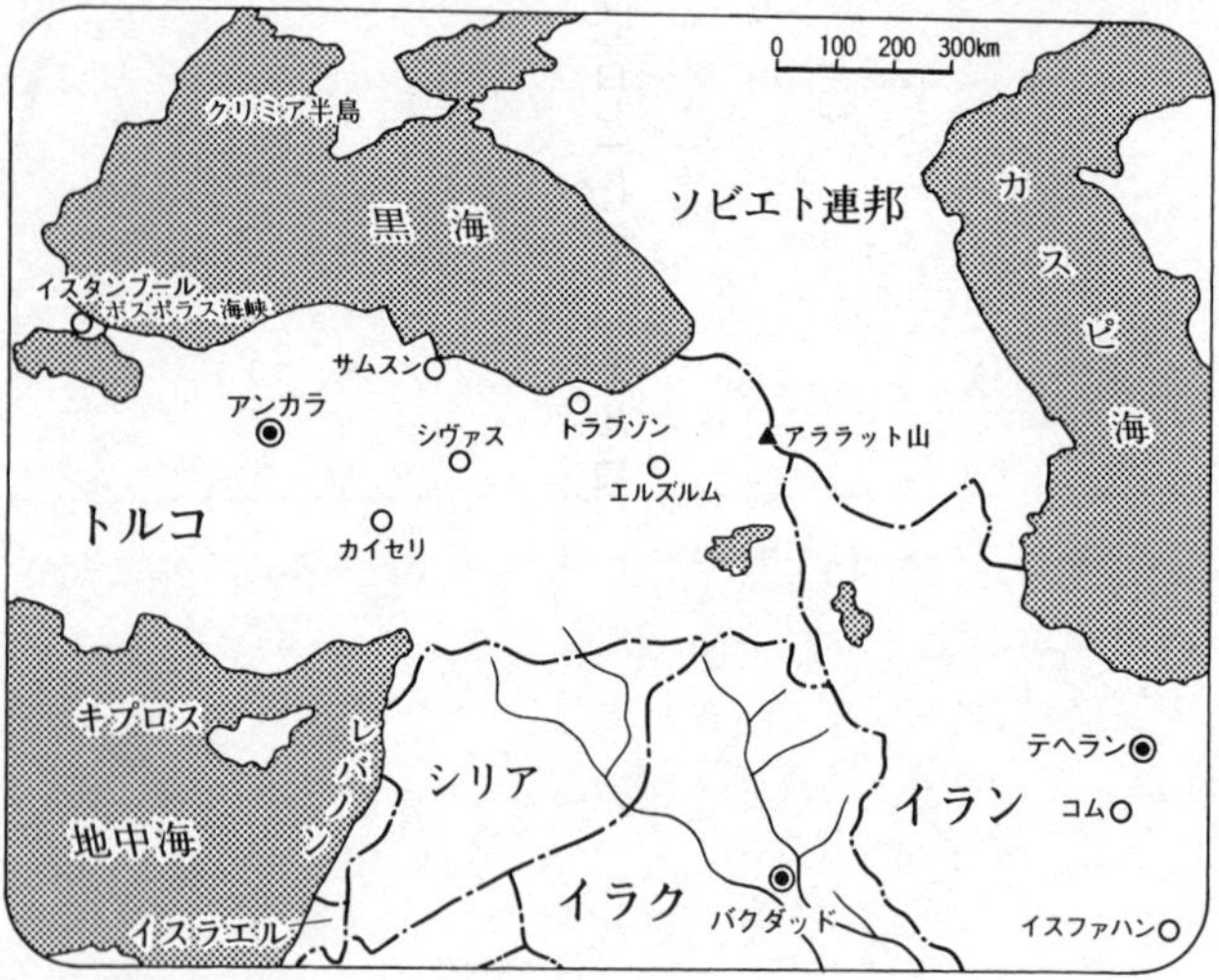

0 100 200 300km
クリミア半島
黒 海
ソビエト連邦
カスピ海
イスタンブール
ボスポラス海峡
サムスン
アンカラ
シヴァス
トラブゾン
アララット山
エルズルム
トルコ
カイセリ
キプロス
レバノン
シリア
地中海
イラン
テヘラン
コム
イラク
バクダッド
イスラエル
イスファハン

1

テヘランに着いたのは、夕方の六時前だった。

イスファハンを午前十時に出るバスに乗ったから、途中の休憩時間を差し引くと、ほぼ七時間で来たことになる。テヘランから南下する際は夜行だったため、沿道の風景がまったく見られなかったが、北上する今度は飽きるほど眺《なが》めることができた。とりわけ、イラン最大の聖地であるコムのモスクは美しかった。夕陽《ゆうひ》をいっぱいに浴びて、黄金のドームが眩《まぶ》しいくらいに輝いていた。

しかし秋の日は、やはりイランでも急速に暮れていき、バスがターミナルに着いた時にはすっかり暗くなっていた。その夜は、とにかくアミール・カビールまで行き、ベッドの空いているどこかの安宿に転がり込むつもりでいた。ところが、バスの屋根に積まれていたザックを受け取り、何十台ものバスが連なって停《と》まっている暗い道を歩きはじめて、そうだ、と思いつくことがあった。

しばらくはアミール・カビール周辺の安宿に泊まるにしても、いずれ何日かすればトルコに向かわなくてはならない。テヘランからならアララット山の麓《ふもと》を通ってエルズルムに抜けていくルートになるだろう。そのバスの時間がどうなっているか、いくつかのバス会社で確かめておこうと思ったのだ。

まずは、ここ三回ほど続けて乗って、かなり満足していたミーハンの事務所を探した。

ようやく見つかり、そこで何やら書きものをしていた中年の事務員に、

「エルズルム行きのバスは……」

と訊《たず》ねかけると、パッと顔を上げた事務員が、大声で叫んだ。

「急げ！」

私がぼんやりしていると、椅子《いす》から腰を浮かして斜め右の方向を指差し、また叫んだ。

「急げ、出てしまうぞ！」

どうやら、今まさにエルズルム行きのバスが出発するところであるらしい。それが

わかって、私はのんびりと言った。

「いいんだ、今日の便に乗るつもりはないから」

すると、事務員は脅《おど》かさないでくれよというように片手を振り、腰を下ろした。

「で、次のはいつなんだい？」

私が訊ねると、事務員はこともなげに言い放った。

「次の金曜」

ということは、一週間も後ということではないか。

今度は私が慌《あわ》てる番だった。いくらなんでも、用事のなくなったテヘランで、一週間も無為に過ごすのは辛《つら》すぎる。

「まだ乗れるか？」

私が他にもバス会社があるのをすっかり忘れ、急《せ》き込むように訊ねると、事務員は大きく頷《うなず》いてまた言った。

「走れ！」

私はザックを背負ったまま走り出した。だが、何十台も駐車しているバスのどれがエルズルム行きかまるでわからない。少し走っては、バスの周辺に屯《たむろ》している人々に訊ねなくてはならなかった。

「エルズルム？」

誰かが首を振り、別の誰かが指差してくれる。そこでまた私は教えられた方向へ走り出す。そんなことを何度か繰り返しているうちに、ようやくエルズルム行きのバスに辿《たど》り着いた。

間一髪《かんいっぱつ》だった。荷物係が運転手の脇《わき》の席に腰を下ろし、まさにドアが閉められようとする寸前だったからだ。

「エルズルム？」

バスの中に向かって大声で訊ねると、運転手と荷物係の二人が、口々に、そうだ、そうだ、というような意味の言葉を発する。

私はホッとしてザックを肩から下ろした。荷物係が降りてきて、そのザックをバスの胴体部分の荷物収納スペースに入れようとする。そこで、私は彼と料金の交渉を始めた。

「エルズルムまで、いくら？」

「七百五十リアル」

その時、私はイランの通貨であるリアルをほとんど持っていないことに気がついた。これまでどこの国でも、使い残すことを恐れて、一度にたくさん両替しないようにしていた。多くの場合、レートのいい闇《やみ》の両替屋を利用していたため、余っても再両替できなかったからだ。私がこれまで通過してきたような国では、銀行における正規の両替証明書がないかぎり、自国の通貨を他国の通貨に両替することを拒むのが普通だった。

テヘランで使う分のリアルはイスファハンで替えておくつもりだったが、ちょうどこの日が休日の金曜だったためにできなかったのだ。

「代金はドルでもいいか？」

私が訊ねると、運転席から運転手が大きく頷いて言った。

「オーケー、オーケー」

「ドルではいくら？」

私がさらに訊ねると、運転手と荷物係がなにごとかペルシャ語で言葉を交わし、十二ドル、と手で示した。

七百五十リアルは確かに十一ドルから十二ドルに相当する。それは必ずしも不当な言い分ではなかったが、試しに、冗談じゃない、もっと安いはずだろう、と押してみると、思いがけず素直に十一ドルに値下げしてきた。

「もう少し安く」

私が粘ると、二人は顔を見合わせ、どうしたものかという表情になった。どうやら、七百五十リアルは掛け値なしの料金だったらしい。私を乗せたいのでストレートに値段を提示してきたようなのだ。考えてみれば、同じバスを走らせるなら、ひとりでも多くの客を乗せたいと思うのは人情だ。窓越しにバスの中をうかがうと、まだかなりの空席がある。私は俄然《がぜん》強気になりかかったが、ここで延々と交渉しているとそれだけ出発が遅れることになり、他の乗客に迷惑をかけることになる。適当なところで手を打った方がよさそうだと判断し、あと少しだけまけてくれないか、日本風に言えば、ちょっとはイロをつけてよ、というニュアンスのジェスチャーをすると、運転手と荷物係はまた顔を見合わせ、ふたこと、みこと相談し、十ドル半という値段をつけてきた。

そこで私は十ドル札を取り出し、

「これでいいことにしよう！」

と勢いよく日本語で言い、笑って荷物係と握手すると、向こうもなんとなく笑いながら手を握り返してきた。その瞬間、自分が交渉慣れというより、交渉擦《ず》れしてきたような気がして、微《かす》かな嫌悪《けんお》感を覚えた。

私は後部の空いている席に坐《すわ》った。乗客は大半がイラン人とトルコ人のようだったが、中央より後ろの座席に何組かの外国人がいた。バスが走り出してしばらくすると、自己紹介というほど改まったものではなかったが、外国人同士が言葉を交わすようになり、それで互いがどこの国の人間であるかがわかってきた。私の斜め前に坐ってい る白人の男性はアメリカ人、その前に坐っている七、八歳の少年を連れた若いカップルはフランス人、そして私の席のひとつおいた前の二席に坐っている肌《はだ》の浅黒い四人組はスリランカ人。

斜め前のアメリカ人は、このようなバスに乗っての旅に似つかわしくないほど小ざっぱりとした服装をしており、それでいてどこか年齢不詳なところのある不思議な雰《ふん》囲《い》気《き》を持った男だった。トルコからイラクに入るということだった。ビザはどうしたのかと訊ねると、ビザは必要ないと言う。アメリカ人はイラクに入るのにビザが要らないのかと訊ねると、私には必要ないのだと言う。そうか、ビジネスなのか。私が訊ねると、そうではないと言う。私には彼がいったいどのような種類の人物なのか見当もつかなかった。

見当がつかないと言えば、フランス人の親子連れもわかりにくかった。男と女はヒッピー風の格好をしているが、もしそうだとすると少年は学校にも行かず旅を続けていることになる。気になったのは、少年の眼《め》に、外界に対する途方もない無関心の色が浮かんでいたことだ。恐らくは、若い両親に付き従ってさまざまな土地を流れ歩いているうちに、好奇心というものが摩耗《まもう》してしまったのだろう。

それに比べれば、これからドイツまで行くというスリランカの男たちの目的ははっきりしていた。スリランカからインドに渡り、中近東を経てヨーロッパに出稼《でかせ》ぎに行くのだという。彼らもまたユーラシア大陸を股《また》にかけた往来者のひとりだった。

イランからトルコへ向かうこのバスは妙に静かだった。客が比較的少ないということもあったのだろうが、いつも乗客のざわめきの中でバスに乗っていた私にとって、その静けさにはどこか物足りないものが感じられた。聞こえてくるのは、スリランカ人の男たちがたまに囁《ささや》き合う声くらいである。

アメリカ人に確かめると、このバスはイスタンブールまで行くことになっており、途中エルズルムとアンカラに寄るが、エルズルム到着は明日の夜になるだろうということだった。イスファハンからテヘランまでの七時間を合わせると、三十時間以上もバスに乗りつづけなければならないことになる。そう思うと、いささかうんざりしてきた。

午後八時半にバスは街道沿いの食堂に停まって休憩した。乗客はそこで少し遅い夕食をとることになった。

　私はイランとのお別れに、自分で勝手にトリメシと名付けていた鶏肉入りポウロ、つまりチキン・ピラフを食べることにした。イランでは、このチキン・ピラフにだいぶ世話になったからだ。値段は八十リアル、約三百六十円。決して安くはない。私の近くの席ではスリランカ人がつましい食事をしていた。ひとりがチャイを貰《もら》い、それをみんなで飲みまわしながら、バスに乗る前に買い込んでおいたらしいパンをかじっていた。

　やがて荷物係に告げられていた休憩時間が過ぎ、乗客はぽつぽつとバスに戻りはじめた。私は乗る前に、食堂の片隅《かたすみ》で売っていた干し葡萄《ぶどう》を五リアルほど買った。買う前に私は自分に言い訳をした。

　――これはいざという時のためのものだ。いくらこのバスが定期の長距離バスだといっても、アフガニスタンとイランとの国境から乗ったあのとんでもないヒッピー・バスのように、どこかで道に迷うことが絶対にないというわけでもないだろう。山で遭難した人がチョコレート一枚で奇跡的に助かったという例だってある。あるいは、この干し葡萄が何日かを生き延びさせてくれないともかぎらない。だから、用心のために買っておくのだ……。

大した贅沢《ぜいたく》ではないのに、ここまで言い訳を考えなければ五リアルの干し葡萄も買えないとは、私の倹約強迫症もかなり重症になっているのかもしれなかった。要するに、私は甘いものに飢えていたのだ。ケーキは高くて手が出ないが、干し葡萄なら買えた。ただそれだけのことだったのだ。

バスが走りはじめてしばらくすると、前に坐っているスリランカ人が大声で叫び出した。

「ストップ、ストップ！」

必死に止まってくれと頼んでいる。別のひとりが立ち上がって、バスが走ってきた方向を指差している。さらに別のひとりは手のひらで自分の頭をピシャピシャと叩《たた》いている。

そこで私にも事情がわかってきた。開いている窓から、何かの拍子に帽子が吹き飛ばされてしまったらしいのだ。

「ストップ、ストップ！」

私が叫び出すと、ほとんど同時に事情を飲み込んだアメリカ人が、一緒になって叫びはじめた。

「ストップ、ストップ！」

時ならぬストップの大合唱に、わけもわからないまま運転手はスピードを緩《ゆる》めた。しかし、ようやく停車した時には、最初にスリランカ人が声を上げた地点からだいぶ離れてしまっていた。暗くて遠くはまったく見えないが、昼間であってもはるかかなたに吹き飛ばされた帽子は見えなかったろう。これでは誰だって諦《あきら》めざるをえない。ところが、帽子の持ち主であるスリランカ人は、運転手にドアを開けてもらうと、夜道を一目散《いちもくさん》に駆け戻りはじめた。彼の姿は闇に溶け、すぐに見えなくなった。私たちはその必死さに打たれ、遅れることに文句を言う客はひとりもいなかった。

待つこと二十分、スリランカ人は満面《まんめん》に笑《え》みを浮かべてバスに乗り込んできた。右手に、汗と埃《ほこり》にまみれた古い帽子がしっかりと握りしめられていた。乗客がそこで拍手をすると、スリランカ人はちょっと恥ずかしそうに帽子を握ったままの手を挙げ、自分の席に着いた。それがこのバスの空気を和やかなものにしてくれる契機となった。

もちろん、だからといって、ヒッピー・バスのような馬鹿《ばか》騒ぎが始まるわけではなかった。やはり、なんといっても、これは生活のバスなのだ。

十時を過ぎて、しだいに乗客が眠りはじめる。

私も窓に体を寄せ、ジャンパーを枕《まくら》にして、眼を閉じた。しかし、なかなか眠りにつけない。さまざまな思いが浮かんでは消えていく。

暖房のおかげで車内は暖かいが、外は相当に冷え込んでいるようだった。ふたたび眼を開け、車内灯に照らされてぼんやり映る自分の顔を見ているうちに、胸の奥に小さな痛みが走った。だが、私はそれについては考えないことにして、その向こうの闇を見つづけた。

2

寝苦しい夜が明けた。

私は体を起こすと、大きく伸びをして、肩と首を廻《まわ》した。無理な姿勢で寝ていたため、体のあちこちが痛い。おまけに、暖房が強すぎたのか、喉《のど》が渇いてひりひりする。それまでにも何度か眼を覚ましていたが、夜が明け切っていないようだったので無理に眼を閉じていた。私がすっかり眼を覚ましてしまったのも、窓の外が白みはじめたからというだけでなく、その喉のひりつきにも一因があったのだろう。それは私だけのことではなかったらしく、眠りから覚めた乗客があちこちで咳払《せきばら》いをしはじめた。

窓の外を見ると、バスはイランの乾燥地帯を走っていた。道路の両側には、ただなだらかに隆起するだけでほとんど草木のはえていない丘が続く。しかも、高度が上がっているとみえ、びっしりと水滴のついた窓ガラスを通してさえ、空気が冷たく、薄くなっているのがわかる。

午前七時、街道沿いの食堂でバスは停まった。

朝食はパンと蜂蜜《はちみつ》とチャイで済ませた。それで二十五リアル、約百二十円。スリランカの四人組を除けば、乗客の誰よりも質素な朝食なのに、ふと使いすぎたかなと思ってしまう。国境を過ぎれば、イランの通貨であるリアル貨は使えなくなる。それがわかっていながら、どうしても贅沢をする気になれない。日本にいるときの私は、浪費家というのではなかったが、決して吝嗇家《りんしょくか》ではなかった。ポケットにあるだけの金はいつも気持よく使い切っていた。ところが、この旅に出てからというもの、倹約が第二の習性になってしまったかのように、あらゆることにつましくなってしまった。しかも、その傾向は日が経《た》つにつれてますますひどくなっていく。金がなくなり、これ以上旅を続けられないということになったら、そこで切り上げればいい。そう思ってはいるのだが、旅を終えなければならなくなることへの恐怖が、金を使うことに関して私を必要以上に臆病《おくびょう》にさせていた。

バスは一時間後に出発した。

陽が高くなるにつれて、空の蒼《あお》さが際立《きわだ》つようになる。それとともに、しだいにトルコ方面からの大型のトラックやトレーラーとすれ違うことが多くなる。車体に記された会社名を読むと、燃料から食料品にいたるまで、生活関連のあらゆる物資が運ばれてきているらしい。

それにしても、これまでの道の途中で、これほど大量のヨーロッパ・ナンバーの車両を見たのは初めてだった。やがて、イランとトルコの国境でアジア・ハイウェイは終わり、ヨーロッパ・ハイウェイに接続する。まさにアジアが終わろうとしているのだな、という感慨が胸をしめつけてくる。

不意に、右手に山が見えてきた。どうやら、アララット山らしい。富士山に似て、高い山がひとつだけ孤立している。五千メートルは優に超えているはずだが、稜線《りょうせん》がなだらかなせいか、さほど高いとは感じられない。

アララット山を有名にしているのは、『旧約聖書』における「ノアの方舟《はこぶね》」の漂着地としてである。

「創世記」の第何章かに、神が人間というろくでもないものを造ってしまったことを後悔して、大洪水《だいこうずい》を起こして皆殺しにしてしまおうと決意するところが出てくる。しかし、正直者のノアの一家だけは「依怙贔屓《えこひいき》」して助けてやることにする。あらかじめ松の木で方舟を作っておくよう命じて、あらゆる動物のカップルたちと大洪水を乗り切らせるのだ。何百日かがすぎて、やがて水が引きはじめると、その方舟はアララット山の頂に漂着していることがわかる。現在でも、その方舟の遺物が見つかったとか見つからないとかいっては海外トピックス欄を賑《にぎ》わせている。

その「ノアの方舟」の原型が、メソポタミアに古くから伝わる「大洪水伝説」に由来するらしいことは何かの書物で読んだことがあった。だが、アララット山の名を私に強く印象づけてくれたのは、『旧約聖書』やメソポタミアの伝説ではなく、一本の映画だった。

それは『エスピオナージ』という二重スパイの物語で、「西」側の諜報《ちょうほう》機関が亡命を求めてきた「東」側のスパイの嘘《うそ》に気がつく際に、アララット山が重要な役割を担《にな》わされていたのだ。

亡命を求めてくるKGBの大物にユル・ブリンナー、それが偽装かどうかを調査するCIAの局長にヘンリー・フォンダが扮《ふん》していた。最後に二人が対決して、ひとつひとつブリンナーの嘘が暴《あば》かれていく。その中の最も重要な証拠が、イギリスの諜報部員と撮った一枚の写真なのだ。そこはアララット山をのぞむトルコの保養地だった、とブリンナーは言う。ところが、フォンダの部下がその写真を白いボードに大きく投影し、筆記具で山の形をなぞっていくと、頂のコブの左が高くなっていることがはっきりする。そこにトルコ側から撮ったアララット山の写真を投影すると、高くなっているコブが正反対になっていることがわかる。つまり、その保養地は、「西」の諜報機関を欺《あざむ》くためにソ連領内に作られた贋《にせ》の保養地だったことが明らかになるのだ。なるほど、現実にいま私の眼の前に存在するアララット山の頂も、右側のコブの方が左側のものより高くなっている。これなら、もし裏から撮ればはっきりと違いがわかろうというものである。だが、それにしても、その程度のことに気がつかないで陰謀を企《たくら》むような諜報組織だとしたら、あまりにもお粗末にすぎないだろうか。本当のKGBはもう少し賢いのではないだろうか……。

そんな馬鹿ばかしいことを考えていると、正午前に、イラン名バザルガン、トルコ名ギュルブラックという国境地点に到着した。

バスを降りて通関手続きをする。

通関手続きはびっくりするほど簡単だった。二つの国の国境事務所が隣り合っているということの便利さに加え、これまで通過してきたどの国境と比べても審査があっさりしていたからだ。

NATIONAL POLICE OF IRAN
DEPARTURE
BAZARGAN BORDER

イラン側のイミグレーションでポンとスタンプを押してもらい、税関で荷物をさっと見せ、次にトルコ側の税関で同じように荷物を見せ、さらにイミグレーションに廻ると、またポンとスタンプを押してくれる。

T. C. AĞRI ＊＊＊
GİRİŞ
GÜRBULAK HUDUT KAPISI

イランは英語だが、トルコはトルコ語で記されている。イランのスタンプから類推すると、「GİRİŞ」がトルコ語の入国を意味する言葉で、「HUDUT」が国境、「KAPISI」が事務所というような意味なのだろう。「＊＊＊」の部分はインクが滲《にじ》んで判読できなかったが、「AĞRI」はアララットのトルコ名アールだという。

わからないのは「T.C.」という略称だった。トルコ共和国を意味するのかもしれないし、あるいは県とか郡とかの行政単位を表す言葉なのかもしれなかった。いずれにしても、このスタンプを貰ったことで、私はめでたくトルコへの入国が可能になったのだ。

しかし、それですべて終わりというわけにはいかなかった。

国境事務所の前には、膨大な数のトラックやトレーラーが駐車していて、出入国審査の順番待ちをしている。乗客の通関手続きは簡単に済んだが、バスの手続きが終わるまで出発できないという。仕方なく、乗客たちは銀行で両替したり、売店で簡単な昼食をとったり、あるいは外に出てアララット山を眺《なが》めたりした。

私は二十ドルをトルコ・リラに両替した。計算すると、一リラが二十円くらいの勘定になる。

両替したその金で、さっそく簡単な食事をした。カバブとパンで八トルコ・リラ、約百六十円。洋梨《ようなし》二個が一リラ、約二十円。チャイ一杯が一リラの半分の五十クルシュで約十円。いちど食事をしてみると、トルコの物価の水準がなんとなく摑《つか》めるように思えてきた。国境ということで高くなっている分を差し引くと、イランよりいくらか安いか、悪くても同じくらいという感じがする。私は、トルコが、物価の上ではまだヨーロッパ圏に入っていないらしいことに安心した。

だが、トルコの商人とのファースト・コンタクトは、必ずしも円満なものではなかった。

チャイを売っていたのは十歳くらいの少年だった。一杯もらい、値段を訊《き》くと、一リラだという。まあ、そんなところだろうと簡単に払ってしまうと、そのあとで二杯分を払ったイラン人からは一リラしか貰《もら》わない。一杯五十クルシュだったのだ。私が、釣りを貰おうか、と手を出すと、最初はしらばっくれていたが、どうやらこちらの風体を見て、簡単には引き下がらないと思ったのだろう、ニヤッと笑ってコインを放《ほう》り投げてきた。


一時間半後にようやくバスが出発できることになった。

ここからヨーロッパ・ハイウェイの二十三号線に入るというのに、意外にも今までのアジア・ハイウェイと違って舗装されていない。走っているうちに、石と土のなつかしいような道の感覚が甦《よみがえ》ってきたが、さすがによく揺れる。

そのうちに便意を催してきた。失敗した、国境でトイレに行っておくのだった、と後悔したが遅かった。しかし、いずれ途中でいちど休憩するだろう、そのときに行けばいい……。

ところが、それは甘かったのだ。

行けども行けども、バスはいっこうに停まろうとしない。そのうちに、どうやら、このバスはエルズルムまでノン・ストップで突っ走るつもりらしいことがわかってきた。一方、私の腹はますます風雲急を告げはじめる。どうやら下痢《げり》に近い状態になっているようだ。何がいけなかったのだろう。私は昨夜から食べた物をひとつひとつ思い出していったが、これといって悪そうなものは思い浮かばない。とにかく、こちらは最低限の物しか食べていないのだ。下痢として無駄《むだ》に出す余裕はまったくない。すべて完璧《かんぺき》に消化し、エネルギーとなって体に廻ってくれなければ困るのだ。

〈困るのだ！〉

私は自分の腹に向かって叱《しか》りつけたが、腹は平然として状態をますます悪化させていく。

外の風景を見て気分を紛らわそうとするのだが、間歇《かんけつ》的に襲ってくる激しい便意にただ拳《こぶし》を握りしめて耐えることしかできない。何度もう駄目だと思ったことだろう。しかし、いったん嵐《あらし》は過ぎたと思わせておいて、またそれ以上の大嵐を運んでくる。いったいこのバスは、どこをどう走っ誰にも文句の言いようがないのが腹立たしい。いったいこのバスは、どこをどう走っていて、どれだけ走ればエルズルムに着くのだろう。地図を広げて見ようと思ったが、ザックのポケットに入れたままになっていて手元にない。私は町がひとつ見えるたびに、ああ、今度こそエルズルムだと喜び、その町を通り過ぎてしまうたびに、おお、今度も違っていたと絶望に打ちのめされた。

考えてみれば、これだけ長い期間さまざまなバスに乗っていながら、こうしたことで苦しんだのは初めての経験だった。それは単に、今までが幸運だったということなのだろうか。私は何度目かの大嵐に冷汗を流しながら、世界中のありとあらゆる種類の神仏に祈ろうかと本気で考えた。しかし、私が実際にやったことは、ジーンズの上から腿《もも》を強くつねりつづけることだった。これではエルズルムに着くまでには痣《あざ》だらけになっているなと思ったが、なんとか頑張《がんば》れるなら痣など大したことではないという気もしていた。

ディヤディンという町を過ぎ、カラケスという町を過ぎ、ホラサンという町に近づいたときには、すっかりそれがエルズルムだと思い込んでしまった。そこから遠ざかった時には我慢もこれまでかと諦めかかった。恥ずかしいが、例のスリランカ人のように「ストップ、ストップ」と大声を出せば停まってくれないこともないだろう。しかし、どこで用を足せばいいのだろう。ままよ、さあ叫ぼう、と身構えると、どういうわけかサァーッと嵐が引いていく。女性の陣痛というのもこんなものなのだろうか、などと考える余裕も生まれてくる。だが、またしばらくすると、さらなる恐怖の時が訪れるのだ……。

しかし、そんなことを続けているうちに、辺《あた》りはしだいに暗くなりはじめる。そして、やがて向こうに町の灯《ひ》が見えてくるではないか。私はもうこれ以上失望したくなかったので、前方の町を指差し、大声を張り上げてバスの荷物係に訊《たず》ねた。

「エルズルム？」

すると、荷物係は大きく頷《うなず》いて言った。

「イエス！」

私はそれを天使の声のように聞いた。

3

エルズルムで降りるのは、外国人の中では私だけだった。あとはみなアンカラかイスタンブールまで行くという。ひとりひとりに挨拶《あいさつ》をしてバスの外に出ると、鳥肌《とりはだ》が立つような冷たい空気に包まれた。

荷物係がバスの胴体部分から私のザックを取り出してくれた。ところが、受け取るとひどくガソリン臭い。調べてみると、ザックの布地に黒くシミがついている。こぼれていたガソリンが滲《し》み込んでしまったらしいのだ。これからこんな臭《にお》いのする荷物を背中に担《かつ》いで旅をしていかなければならないのか。そう思うとうんざりしてきた。私はいちおう文句を言ってみたが、荷物係としてもどうしようもなく、ただ首を振っているばかりだった。そして、私がちらりと思ったのは、料金をあんな風に値切ってしまった罰なのかもしれない、ということだった。

私は諦《あきら》め、とにかく宿を探すことにした。エルズルムに着いたらまずバス・ターミナルのトイレに駆け込もうと思っていたが、バスが停《と》まったのは街灯が一本立っているだけの道端にすぎなかった。おまけに、宿の客引きの姿も見えない。私はトルコ人の客のひとりから安宿がある場所を訊き出すと、ガソリンの臭いを漂わせているザックを担いで夜道を歩きはじめた。

エルズルムの町は、つい昨日まで馬が交通の中心を担《にな》っていた、などと冗談を言われても簡単に信じてしまいそうなほど暗く寂しかった。人通りも少なく、車もほとんど走っていない。これがトルコ東部の中心的な都市とはとても思えなかった。

少し歩くと、ようやく何軒かのホテルが見えてきた。ホテルといっても木賃宿《きちんやど》といった雰囲気《ふんいき》のところばかりだ。一軒のロビーを覗《のぞ》き込むと、そこには人が群がってい て、中央に据《す》えつけられたテレビを夢中で見ている。誰が客で誰がホテルの人間か皆目わからない。

「すいません！」

大声で言うと、トルコ帽をかぶった恰幅《かっぷく》のいい男が、顔をこちらに向け、犬を追い払うような手つきで、

「ノー、ノー」

と言った。

「部屋はありませんか？」

訊ねているのに、ふたたびテレビに熱中しはじめた男は、もう振り向いてもくれようとしなかった。

次のホテルも同じだった。どんな人気番組をやっているのか、このホテルのロビーもテレビの大鑑賞会場に早変わりしていた。

私が途方に暮れていると、ひとりの少年が、

「オテル？」

と話しかけてきてくれた。私が頷くと、俺《おれ》についてこいというように指で合図し、

先に立って歩きはじめた。

途中で、少年が口元に人差し指と中指をもっていって言った。

「シガラ？」

煙草《たばこ》はないかと訊いているらしい。まだ小学生くらいの年齢と思われるが、チョコレートをねだるような気軽さだった。

「いや、持っていない」

私が言うと、意味がわからなかったと思ったのか、また繰り返した。

「シガラ！」

「すわないんだ」

すると、少年は不思議そうな表情を浮かべて、言った。

「ノー・スモーク？」

そんな男がこの世にいるとは信じられないという口調だった。しかし、少年は別段しつこくせがむことをせず、前の二軒のホテルよりさらに古く、さらに汚く、看板すら出ていない建物の入口を指差すと、いま来た道を戻りはじめた。何か礼をしなくてはと思ったが、また腹に嵐が押し寄せてきて、ありがとうと言うのもそこそこにホテルに入ってしまった。とにかく、早くトイレに行きたかった。

階段の下の椅子《いす》に坐《すわ》っている主人らしい男に、今夜泊めてもらえますかと訊ねると、ドミトリーならひとつベッドが空いているという。私はそれだけ確かめると、トイレのある場所を聞いて、必死の思いで駆け込んだ。

部屋は二階にあった。六人部屋で、ベッドひとつが十リラ、約二百円だという。できれば疲れているので個室に泊まりたかったが、トイレから出て訊ねてもまったく空きがないとのことだった。

私がザックを抱えて入っていくと、部屋にはすでに先客がいた。ひと組はトルコ人と思われる親子で、父親と十二、三歳くらいの息子がひとり。もうひと組は、二カ月前にドイツを出てきたという白人の若者二人で、これから東に向かうという。ひとりは眼鏡を掛けた端正《たんせい》な顔立ちの若者であり、もうひとりは長髪で顎鬚《あごひげ》をはやしていた。しかし、どちらもまだ好奇心が摩耗していないらしく、私にさまざまなことを訊ねてくる。どこから来たのか。どのようなコースを辿《たど》ってきたのか。あの町まではどの会社のバスがいいか、この町の安宿はどんな具合か……。訊ねられ、私が辿ってきたコースを喋《しゃべ》ると、その眼《め》にちらりと敬意のようなものが浮かんだ。彼らはほとんどその逆のコースを辿って日本まで行くつもりなのだという。

「どうして？」

今度は私が訊ねた。

「ゼンを学びたいんだ」

眼鏡の若者が言った。

「ゼン？」

禅のことか、と私は訊き返した。

「そうだ、禅だ」

「それはすごい」

私が言うと、長髪の若者が訊ねてきた。

「禅を知っているか」

「まあ……」

なんとなくそう答えてしまった。とにかく私だってまがりなりにも日本人なのだ。

「禅というのは何なんだ？」

単刀直入な質問に私は戸惑った。実を言えば、禅についてなどほとんど知らなかったのだ。以前、禅に関する何かの本を読んだことはあるが、禅の本質について外国人に説明できるほど理解できているわけではなかった。しかし、知っているかと問われて、まあと答えてしまった以上、なんとか辻褄《つじつま》の合った説明をしなくてはならない。

「禅は達磨《だるま》という坊さんがインドから中国に伝えた仏教の一宗派にすぎない」

私の説明に二人は頷いている。

「それが日本に伝わると、中世にはサムライ階級に支持されたこともあって、文化的に強い影響力を持つことになった」

喋りながら、私は自分に訊ねていた。おい、おい、そりゃ、ほんとのことかね。

「日本においては、禅宗の主要なセクトは二つあって、ひとつは道元という人が開祖となった曹洞《そうとう》宗、もうひとつは栄西という人が広めた……」

私がそこで立ち往生すると、眼鏡の若者が口を開いた。

「リンザイ」

私は恥ずかしくなってきた。彼らはきっと私の喋ったことくらいは先刻承知のことだったのだ。

「そう、臨済宗」

私がそこで黙ってしまうと、長髪の若者が、またさっきと同じ質問をしてきた。

「禅とは何なんだ」

私は黙って考えはじめた。曖昧《あいまい》な歴史的事実ではなく、日本人の私が禅とはどんなものと感じているか、それを正直に伝えればいいのだ。どれくらい考えたろう。ふと、私の脳裡《のうり》にこれまでバスで通過してきた道が浮かんできた。道。しかし、それが禅だという気はしない。だとすると……。

二人の顔に、私が辿ってきたルートを喋ったとき以上の畏敬《いけい》の念のようなものが浮かんでいる。気がつくと、ベッドに腰を掛けた私は、腿の上で軽く両手を組んでいた。たぶん、考えているあいだは眼を中空に据えていたのだろう。

私は不思議な気分になりながら言った。

「禅とは……途上にあること……だと思う」

私が言うと、長髪の若者がゆっくりとその言葉を繰り返した。

「ビーイング・オン・ザ・ロード……」

私は彼の言う英語の響きを聞いて、その答えも存外悪くなかったかもしれないなと思った。

私はホテルを出て食堂を探した。トイレに駆け込んで出すべきものを出すと、ひどく空腹になっていた。ドイツ人の若者たちはもう食事を済ませたというので、ひとりで部屋を出てきたのだ。

街はとにかく暗く寂しかった。おまけにやたらと寒い。もっとも、下着とシャツとジャンパーだけでは寒いのも当然だった。私は、イスタンブールに着いたら、バザールの古着屋で厚手のセーターを買うのだと言い聞かせて、なんとかその寒さに耐えようとした。

四、五分歩くと、遠くに明るい光がこぼれている店先が見えてきた。近づいてみると、そこは間違いなく簡易食堂だった。客があまりいないのが不安だったが、とにかく入ってみることにした。

入ったものの、何をどう注文していいかわからず、立ったままマゴマゴしていると、主人が手招きして調理場に連れていってくれた。そこには、オリーブ油で調理されたさまざまな料理が、バットというのだろうか平たい大きな容器に入れられて並んでいた。私は嬉《うれ》しくなった。ギトギトのオリーブ油の料理に感動したというのではない。まず第一に、店の主人の親切が嬉しく、第二に、久しぶりに料理らしい料理を眼の前にしたことが嬉しかったのだ。手の込んだ料理が食べられるのは、実にテヘランで磯崎夫妻に御馳走《ごちそう》になって以来のことだった。

私は、ピーマンの肉詰めと米と野菜のスープを指差し、さらにパンを貰《もら》った。これまで西から下ってくる旅行者から、ギリシャとトルコのオリーブ油責めには苦しんだ、といったことをよく聞かされていた。しかし、実際、こうして食べてみると、別になんということもない。いや、むしろ、ピーマンの肉詰めも、米と野菜のスープも、アフガニスタンやイランの料理に比べればはるかに充実しているように感じられる。

食べながら、テーブルに地図を広げた。私はこの旅にいっさいガイドブックの類《たぐ》いを持ってこなかった。ザックに入れてきたのは、三冊の本と二枚の地図だけ。広げたのはそのうちの一枚の『世界分図　西南アジア』という地図だった。

さて、これからどうしよう。

いずれにしてもアンカラにだけは行かなくてはならない。この酔狂《すいきょう》なだけの旅に、ただひとつ目的らしいものがあるとすれば、それはアンカラに行くことだった。アンカラでひとりのトルコ女性に会う。私はそこで「使者として」の役割を果たすことになっていたのだ。

だとすれば、このエルズルムから、シヴァスを経由して、カイセリに寄り、有名なカッパドキアの岩窟《がんくつ》寺院を見たあとでアンカラに向かう、というのが順当なルートであろうと思われた。トルコは、ボスポラス海峡を境にして、その国土がヨーロッパの部分とアジアの部分とに分かれている。そして、ヨーロッパの部分をルメリア、国土の大部分を占めるアジアの部分をアナトリアと呼ぶらしい。シヴァス経由アンカラ行きは、まさにアナトリア内陸の旅ということになる。それはそれなりに面白そうではあったが、私はトルコの北に広がる海に記された「黒海」という二文字に惹《ひ》きつけられてしまった。海が見たいな、と思った。それも青ではなく黒いという海を。一度そう思ってしまうと、どうしても黒海が見たくなってしまった。地図をよく見ると、エルズルムから黒海に向かって北上した先に、トラブゾンという町がある。そして、そこからサムスンという町までは、定期航路が開けているらしく、赤い線で結ばれている。さらに、サムスンからアンカラまでは幹線道路が通っている。そうだとすれば、間違いなくバスも走っているはずだ。

これにしよう、と私は思った。明日は、北に、黒い海に向かうのだ……。

私は久しぶりの食事らしい食事に満足しながら勘定を払った。主人は、最初、トルコ語で値段を言っていたが、通じないと見て取るや、八本の指を出した。これだけ食べて八リラだったのだ。私の満足感はさらに深くなった。

ホテルの部屋に戻ると、トルコ人の親子も、ドイツ人の二人組もすでに寝ていた。私も服を着たまま、そっとベッドにもぐりこんだ。こうした安宿のドミトリーでは寝間着に着替えるなどということはほとんどなかった。毛布も貧弱なら、シーツも清潔というにはほど遠かったからだ。

安宿のシーツは、白ではなく、洗ってあるのかないのかわからないような濃い色のついたものが使われていることが多かった。そして、枕《まくら》には決まってシミがこびりついていた。カバーなどついているはずもなく、剝《む》き出しにされた枕には、髪の油の臭いがこびりつき、ヨダレやわけのわからないシミで薄黄色になっている。私も、始めのうちはそれが気になり、タオルを巻いて寝ていたが、いつの間にかそんなことをしなくなっていた。シミがあっても平気になってしまったというばかりでなく、自分自身が枕にシミをつける側に廻《まわ》るようになっていたからだろう。

このエルズルムの宿でも、シーツはやはり汚れが目立たないように臙脂《えんじ》色《いろ》のものを使っていたし、枕の布地にはあちこちにシミがついていた。

毛布は軍隊で使うような暗灰色《あんかいしょく》のものだった。私はその毛布にくるまりながら、今までにどんな旅人がこのベッドに横たわったのだろうと思いを巡らした。隣に寝ているトルコ人の親子のような旅人もいただろうし、向こうに寝ているドイツ人の若者のような旅人もいただろう。あるいは、私のような東洋からの旅人もいたかもしれない。そして、この毛布にくるまり、枕にシミを作っては出発していったのだろう。私もたぶん、同じようなシミを作り、明日の朝には出ていくことになるのだ……。

4

翌朝、早起きして、七時半発のトラブゾン行きに乗った。

前夜、宿の主人にトラブゾン行きのバスの時間を訊《たず》ねると、この便を教えてくれた。途中、一、二回の休憩をはさんで、午後三時か四時には着くだろうという。

バスは満席だったが、午後には海が見られると思うと気にならなかった。

乗客の全員が席に着くと、荷物係の若者が香油のようなものを配りはじめる。ガラス瓶《びん》に入った黄色い液体を、乗客の手のひらに振りかけるのだ。乗客は、それを手の甲に擦りつけたり、顔に擦りつけたりしている。私も訳がわからないながらに振りかけてもらうと、いかにもありがたそうに手や顔にこすりつけた。一瞬、オリーブ油ではないのかと思ったが、ついにそれが何であるのかはわからなかった。

バスは時間通りに出発した。

座席を見渡すと、どうやら外国人は私だけのようである。私は窓側に坐っていたが、通路側に坐っている隣の席のおじさんも、前の席の若い二人組も、通路を隔てた反対側に坐っているおばさんとその娘も、みんな私が気になるらしく、じっとこちらの様子をうかがっている。香油をどうするかと見守り、手や顔にこすりつけると、安心したような笑いを浮かべる。

隣のおじさんがとうとう我慢できなくなってどこの国の人間か訊ねてきた。

「アルマン？」

「ジャパン」

「…………？」

理解できないらしく、首をかしげている。そこで、私はスペイン語で言ってみた。

「ハポン」

「…………？」

それでもわからないらしい。ええい、こんどはフランス語だ。

「ジャポン」

すると、おじさんは嬉しそうに声を上げた。

「ジャポン！」

その理解の早さからすると、あるいはトルコ語でも同じように発音するのかもしれなかった。だが、ともかく、それからが大変だった。私が日本人だとわかると、二、三列前の座席に坐っていた英語がいくらか喋れる中年男性を通訳にして、バス中の乗客から質問が乱れ飛んできた。

日本のどこに住んでいる。いつ日本を出てきたのか。学生か。両親は生きているか。いつトルコに来たのか。どのくらいトルコにいるのか。トルコは好きか。エルズルムは気に入ったか。いや、それはまだしも、到着してもいないのに、トラブゾンは好きか、などと訊ねてくる始末だ。

東京だ、半年以上前に、違う、元気だ、好きだ、まあ好きだ、きっと好きだろう……。

その答えが通訳されるたびに車内がどよめく。隣同士で議論が始まったりもする。やがて、とりわけ熱心に耳を傾けていた前の座席の若者が煙草《たばこ》をすすめてくる。トルコ製の煙草らしく「サムスン」という文字が読める。どんな味がするか知りたいが、私には煙草をすう習慣がない。

「すわないんだ」

そう言って断るのだが、またしばらくすると、後ろの方から別の男が身を乗り出すようにして煙草の袋を差し出してくる。それが果てしなく何度でも繰り返されるのだ。しまいには根負けして一本すわせてもらうことにする。慣れないため、差し出されたライターで火をつけるのもぎこちなくなる。それをみんながニコニコしながら見ている。一服すい、煙を吐き出し、思わず咳《せ》き込むと、日本人の煙草のすい方はそうなのかという、驚いたような、感心したような眼差《まなざ》しで見られてしまう。

後ろの席のおじさんが、私にライターを見せ、盛んにジャポン、ジャポンと言う。これは日本製だぞ、と言いたいらしいのだ。受け取って、底の刻印を見ると、「MARMON」とある。そんな会社の名は聞いたこともない。しかし、これは日本製ではないとは言えなくて、つい、イエス、イエス、よく知っていると言ってしまう。

質問が一段落すると、私は窓の外に顔を向けて、しばらく彼らの好奇心から解放してもらうことにした。

エルズルムからトラブゾンまでは、高度差二千メートル余りを下ることになる。だが、そこを一気に下るのではなく、いくつかの山地を上り下りしながらしだいに下っていくらしい。

道の両側の斜面に植えられているポプラが、黄色に美しく色づいている。谷あいの道に入ると、山の向こうに雲が見えてきた。実に何十日かぶりの雲だった。というのは、アフガニスタンからイランにかけては、青い空しか見られなかったからだ。青い空といったら、金輪際《こんりんざい》、青い空しか見られない。雲のひとつも出してみろ、と言いたくなるような空だった。

さらに走ると、やがて雨が降り出してきた。実に、実に久しぶりの雨だった。すると、しばらくするうちに、その雨が雪に変わってきた。

雪！

こんなところで雪が見られるとは思ってもいなかった。なんと美しいのだろう。横殴りに吹きつけてくる雪に見とれていると、隣のおじさんがトルコ語で訊ねてきた。空を指差し、ジャポン、ジャポンと言っている。

「雪は日本にもあるのかい」

そう訊ねているようだった。私は大きく頷《うなず》いて日本語で答えた。

「雪なら日本にもいっぱいある」

すると、おじさんは少し残念そうに、そうかい、というように頷き返してきた。

少しして、おじさんがミカンをくれる。これが形といい、色といい、まったく日本のものと変わらない。食べてみると、甘くて美味《おい》しい。違う点をあえて探せば、やや酸っぱさが足りないということくらいだろうか。きっとおじさんがこれは日本にあるかと訊ねてくるのではないかと思っていると、やはり訊ねてきた。

「日本にあるか」

「ある」

申し訳なくなってきたがこんなことで嘘《うそ》をつくわけにはいかない。山に緑が多くなり、ほんのわずかな土地にも人の手が入っているのを見かけるようになった。雲と同じように、耕されている土地というのもまた、見る者の心をずいぶんと和《なご》ませてくれるものだった。

バスは、正午前に、谷あいの崖《がけ》っぷちに建っている食堂の前で停《と》まった。ドライブ・インと言うべきなのだろうが、峠の茶店と言った方がふさわしいような古びた食堂だった。崖の下には清冽《せいれつ》な水の流れがあり、そこからは心地よいせせらぎの音が耳に届いてくる。私がそれを聞きながら、ボルシチによく似た羊肉とナスとトマトの煮込み料理を貰い、あとはパンとチャイで昼食を済ませようとすると、乗客のひとりが小麦粉を油で揚げたとてつもなく甘いお菓子を御馳走してくれた。

この店の子供なのだろうか、幼い男の子たちが土間で胡桃《くるみ》の実をビー玉がわりにして遊んでいる。ころころと転がして相手の胡桃に当てる。当たると貰えるらしいところもビー玉とそっくりだ。

私はくりくりの丸坊主《まるぼうず》の少年から胡桃をひとつ借りると、四、五メートル離れたところに立った。胡桃を持った右手を顔の前に構え、狙《ねら》いを定め、精神統一をしてからポンと放《ほう》り投げると、ひとつの胡桃に見事に命中し、二つの胡桃はカチンと音を立てて弾《はじ》け飛んだ。それを見て、男の子たちは信じられないというような表情を浮かべた。男の子たちだけでなく、その様子を眺《なが》めていた乗客たちもびっくりしたような顔になった。そうなのだ、ビー玉に関しては、少年時代の私は誰にも負けない「黄金のプレイヤー」だったのだ。

午後一時にバスは出発した。

またいくつも峠を越えなくてはならなかったが、確かに高いところから低いところへと下ってきてはいた。

ぽつんぽつんと山肌《やまはだ》に家が建っている。それを眺めているのがわかったのだろう。隣のおじさんがまた指をさして言った。

「日本にあるか」

「ある」

また、おじさんは残念そうに頷く。

やがて、山の中腹にへばりつくように建っている寺院が見えてきた。おじさんがやはり訊ねてきた。

「あんなのは日本にあるか」

あるといえば言えないこともないが、ここはひとつないと言っておいてあげよう。

「ない」

私が言うと、おじさんは本当に嬉《うれ》しそうに、そうか、と頷いた。

バスが急な坂を下りはじめたなと思っていると、不意に向こうに海が見えてきた。雨に霞《かす》んで海面は灰色にしか見えないが、これがあの黒海なのだろうか……。

しかし、しみじみと感慨に耽《ふけ》っている間もなく、やがてその坂を下り切ると、そこがもうトラブゾンだった。


トラブゾンは坂道の多い町だった。宿を探して歩いていると、坂道が二股《ふたまた》に分かれる付け根のところに小さなホテルがあった。フロントとも言えないフロントで男に訊ねると、大部屋なら一ベッド十リラ二百円、一部屋なら二十リラ四百円だという。さすがに、ベッドではなく部屋を借りることにした。

鍵《かぎ》を貰って、部屋に入ると、しばらくベッドの上で大の字になった。そのうちにとろとろとまどろんでしまったらしい。

眼《め》が覚めると、窓の外は暗くなりはじめていた。ひとまず外に出て街を歩いてみることにした。

石畳の舗道は、雨に濡《ぬ》れ、鈍い光を放っている。少し歩くと、広場に出た。露店が出ており、人も多く行きかっている。そこに栗《くり》を焼いている男がいた。買おうかどうしようか、迷いながら見ていると、不意にそこに立っている老婦人に鋭い声を浴びせられた。

「＊＊＊＊！」

まったく意味はわからないが、私に向かって罵《のの》り声を上げていることだけは間違いない。どうしたというのだろう。私が何かしたとでもいうのだろうか。

「＊＊＊＊！」

その声と剣幕《けんまく》に呆然《ぼうぜん》としていると、広場にいる人たちが集まってきて、その老婦人に何かを言う。しかし、彼女はますます私への罵り声を高めていく。いったい、何が、どうしたというのだろう。私は栗を買おうかどうかと考えながら立っていたにすぎないのだ。

どうしたというんだ。私が訊ねても、周囲に集まった人たちは、困ったように首を振るだけだ。やがて、その老婦人が私に摑《つか》みかからんばかりに激高するようになると、ひとりの男性がいいからもうあっちに行けという合図をする。私は訳もわからず、逃げるようにその場を離れた。

夕食をとるため街のレストランに入っても、自分が不思議の国へ来てしまったのではないかという奇妙な感覚は残った。あの老婦人は狂っているわけではなかった。それまではまったく普通だったのだ。私を見て、突然、あのような状態になってしまったのだ。私の何が彼女をあのように混乱させたのだろう。顔か、それとも日本人であるということか。私は不意に、自分が異国にいるのだということを痛切に感じた。

レストランで、料理の名前がわからない私がどう注文しようかとまごついていると、ここでも主人が親切に調理場まで連れていってくれ、好きなものを選ばせてくれた。

選んだものは、エルズルムで食べて気に入ったピーマンの肉詰めと、隠元豆《いんげんまめ》の煮物、それにパン。隣のテーブルの客がビールを呑《の》んでいるのを見ると、たまらなく呑みたくなってきた。

肉詰めを食べながら、ビールを呑んでいると、少しだけ気分が落ち着いてきた。

食事のあとで石畳の舗道をぶらついた。

トラブゾンの夜は寒かった。高地のエルズルムと比べても、大して差がないほどの冷え込みだった。しかし、部屋には帰りたくなかった。部屋に戻れば、スチームの暖房がある。だが、それにもかかわらず、この街頭より、はるかに部屋の方が寒々しいように思えてならなかったからだ。

カブールですれ違った日本人が、これからヨーロッパに向かうという私に、しみじみとした口調で言ったものだった。ヨーロッパの冬は寒い。しかし、その寒さは、雨が降ったり、雪が降ったからという寒さではなく、宿に帰っても誰もいないという寒さなんだ、と。しかし、ヨーロッパに辿《たど》り着く前に、私はその寒さに摑まってしまったようだった。

小雨の中を当てもなく歩いていると、遊戯場のようなものがある一角に出てきた。大勢の男たちが集まっていくつものテーブルを囲んでいる。通りに面したガラス越しに覗《のぞ》き込むと、老いも若きもといった幅広い年齢層の客が、煙草のけむりで霞んでしまいそうな中で、博奕《ばくち》じみたゲームに興じている。酒場にしては酒がなく、チャイハネにしてはただ無駄話《むだばなし》をしている客がいないのが妙だ。やはり、ここは日本の麻雀屋《マージャンや》のようなところなのだろうか。

彼らがやっているゲームは二種類だった。ひとつはカードによるゲーム、もうひとつはバック・ギャモン。ガラスに最も近いテーブルでは二人の老人がカード・ゲームをしていた。しかし、どんなルールなのかがわからず、じっと見ていると、右手に坐《すわ》っていた髭《ひげ》の老人と視線が合ってしまった。髭の老人はそれからチラチラと私の方に眼を向けるようになったが、私がそこでゲームを見つづけているのがわかると、入って来いというように手招きした。

遊戯場の中央には暖かそうなストーヴが燃えている。私はその火に惹《ひ》かれてふらふらと中に入っていった。

テーブルに近づくと、髭の老人は隣の空いた椅子《いす》を示し、そこに坐れという仕草をした。そして、ウェイターにチャイを注文してくれた。

髭の老人の相手になっているのは、やはり同じくらいの年配の老人だった。片眼でいっけん怖《おそ》ろしそうなのだが、笑うと前歯が一本抜けていて愛嬌《あいきょう》のある顔になる。二人は格好の遊び相手であるらしく、互いに挑発《ちょうはつ》しながらゲームを進めている。

髭の老人は、自分の手がよくなると、必ず鼻歌をうたいだす。そして、その歌の最後には、必ず「フニャラ、フニャフニャ、ムスターファー」とつけるのだ。実際は「フニャラ、フニャフニャ」などと言っているはずはないが、何度聞いてもそう聞こえてしまう。ところが、その箇所に来ると、相手の片眼の老人が決まっていやな顔をする。どうやら、片眼の老人の名前はムスターファというらしいのだ。

髭の老人は、ゲームをしながら、盛んに私に話しかけてくる。ほとんどトルコ語しか喋《しゃべ》らなかったが、不思議と言っていることがわかった。あるいは、途中に挟《はさ》み込まれる単語や固有名詞から、私が勝手に判断してしまったのかもしれないのだが。

「どこから来た」

日本からです。

「そうか、日本人か、それはよかった」

ええ、まあ……。

「トルコと日本は仲間だ」

はあ……。

「トーゴーは偉かった」

東郷元帥《げんすい》ですね。

「あのロシアをやっつけた」

そう聞いてます。

「日本はインドの隣にあるのか」

いいえ、もっと遠くにあります。

「日本には共産党があるか」

あります。

「あれが誰だかわかるか」

髭の老人はそう言うと、遊戯場の正面の壁に掲げられている肖像写真を指差した。

ケマル・アタチュルクですね。

「そうだ。よく知ってたな」

そのくらい学校で習いましたよ。

「そうか、学校でケマル・パシャを習ったか。やっぱりトルコと日本は仲間だ」

髭の老人は私とそんなことを喋りながら、一方で、片眼の老人がうっかり横を向いたりする隙《すき》を見せると、手の中のカードと場のカードをすり替えてしまうようなズルをする。

それを見とがめた片眼の老人が、

「こいつ！」

と手を押さえると、髭の老人は別に慌《あわ》てもせず、

「フニャラ、フニャフニャ、ムスターファー」

とやり返す。

私はその遊戯場の暖かさと、二人の老人のやりとりの妙を楽しんでいるうちに、すっかり時間のたつのを忘れてしまった。

　そこに二人の若者がやって来てテーブルにつき、今度は四人でゲームをしはじめた。そのうちのひとりがカタコトの英語を話したので、トラブゾンからのサムスンへの船の便がどうなっているのかを訊ねた。若者はよく知らないらしく、老人たちに訊《たず》ねている。髭の老人がトルコ語でなにやら断定的に答えると、それを聞いた若者が私に言った。

「サムスン行きは月曜日の夜に出るらしい」

　ということは明日の夜ということだ。これはついている。私はそれに乗ってサムスンまで行くことにした。

　さらにしばらくゲームを見物してから、私は立ち上がった。チャイの代金を払おうとポケットから小銭を出すと、髭の老人が冗談じゃないというように手を振った。なおもテーブルに置こうとすると、その場にいる全員が口々にそんなものを受け取れるかといった態度でポケットに納めさせようとする。私はありがたく御馳走《ごちそう》して貰《もら》うことにした。

　外はさっきよりはるかに冷え込んでいるようだったが、さほど寒いとは感じなくなっていた。それはきっとあの老人たちのお陰に違いなかった。だが、遊戯場のあの暖かさを知ったあとでは、部屋の寒さがいっそう身に沁《し》みるだろうと思えた。

5

次の日の朝、私はまず銀行に行った。トルコが思っていた以上に長くなりそうに思えてきたので、もう少しトルコ・リラを持っておくことにしたのだ。

両替に闇屋《やみや》を利用しようとしなかったのは、トルコではブラック・マーケットが存在していないと聞いていたからである。レートが安定しているせいなのか、取締りが厳しいためなのか、とにかく路上で声を掛けてくるのはほとんどが詐欺師《さぎし》と考えていいという。これまでにも、闇の両替にまつわる悲喜劇は、トルコを経由してきた旅行者からいくつも聞かされていた。彼らが面白おかしく語ってくれる「騙《だま》しの手口」には、奇想天外なものも含めて実にさまざまなものがあったが、トルコでは闇を避けるべきだという結論では一致していた。

銀行で両替を済ませ、朝昼兼用の食事をとると、私は埠頭《ふとう》に向かった。そこにあるという船会社で早目にサムスン行きの船の予約をしておこうと思ったのだ。

昨夜、ベッドに入って考えているうちに、私はますます船に乗りたくなってきた。船に乗るといっても、アンカラに寄ろうとすればサムスンで降りなくてはならない。

だが、たとえ一日か二日だけのことであっても黒海を航海してみたい、という思いが強くなってきたのだ。沖に出れば対岸のクリミア半島などが見えるのだろうか。行きかう船はどんな国籍のどんな種類のものなのだろう。場合によったら、商船や漁船ばかりでなく、ソ連の軍用船にも遭遇できるかもしれない……。

しかし、そんなことを夢想しているうちに、急に不安になってきた。船がサムスンに寄港しなかった場合のことが心配になってきたのだ。万一、イスタンブールへ直行する便ばかりだったらどうしよう。やはり航海は諦《あきら》めなくてはならないのだろうか。

その時、いや、イスタンブールまで行ってしまってどうしていけないのだろうと思いついた。そうだ、船がイスタンブールの直行便しかない場合には、多少手間はかかるが、ひとまずイスタンブールまで行き、それからアンカラへ戻ればいいのだ。むしろ、船がサムスンに寄港するか否《いな》かにかかわらず、イスタンブールまでの航海を楽しんでしまえばいいのだ……。

ところが、実際に船会社に足を運び、オフィスで訊ねてみると、そんなことで思い迷う必要のないことがわかった。船は間違いなくサムスンにも寄港するが、イスタンブール方面に向かう便は金曜までないというのだ。昨夜の髭の老人によれば、月曜の夜にあるということだったが、どうやら出まかせだったらしい。思い返してみれば、いかにも自信ありげだったのがかえって怪しかったといえなくもない。

まったく、人を糠喜《ぬかよろこ》びさせて、あのジイサンときたら！

私は腹の中でそう呟《つぶや》いたが、決して不快になってのことではなかった。相棒のムスターファに対するのと同じ軽い冗談のつもりだったのかもしれないし、単に知らないと言うのがいやだっただけなのかもしれないのだ。しかし、それはそれとしても、さすがにこのトラブゾンで金曜まで船を待つ気にはなれなかった。残念だが、バスで行くより仕方がない。

船会社からバス会社に廻《まわ》って調べると、サムスン経由アンカラ行きという便があった。出発は午後一時だという。明日もあるのを確かめ、私はトラブゾンにもう一日だけ滞在することにした。


いったんホテルに戻り、宿泊の延長をしてから外に出た。

昨日は氷雨《ひさめ》のような冷たい雨が降ったりやんだりしていたが、今日は雲の少ない気持のいい晴天になっている。私は久しぶりに写真でも撮ってみようかなという気になった。ザックには友人から餞別《せんべつ》として貰ったフィルムがまだだいぶ残っている。嵩張《かさば》るので早く撮って郵便で送り返したいのだが、写真を撮る機会がないためなかなか減っていかない。もしかしたら、それは機会の有無というより、情熱の有無の問題だったかもしれない。確かに、カメラを構えることで土地の人々と言葉を交わすきっかけが摑める場合もある。しかし、それと同時に、風景によって喚起された思考の流れが中断されたり、人とのあいだに生まれかかった心理的なつながりに変化が起きてしまう危険性も少なくはないのだ。それでもなお写真を撮ろうとするのには、よほどの情熱とエネルギーを必要とする。

しかし、その日、明るい太陽と青い空が私に情熱とエネルギーを与えてくれたらしい。アーミー・グリーンの布製のバッグにカメラとフィルムを入れ、それを肩に街をぶらぶらしはじめた。

通りがかりにパン屋があった。店先では客がパンの焼けるのを待っていたり、買ったパンをその場でむしりながら食べていたりする。パンはナンよりいくらか厚めの円盤状のものと、フランスのバゲットを太くして寸詰まりにさせたようなものの二種類しかなかった。

店の奥にはパンを焼くカマドがある。職人たちは石の台の上でパンをこね、内側が赤く焼けたカマドに入れたり出したりしている。その出し入れに使うのは、日本ならさしずめ炉端焼き屋にありそうな、先端に平たい板のついた長い木の棒である。その光景が面白く、店の前に立ってカメラを構えると、それに気がついた全員が整列して記念撮影のようになってしまう。そのうちに、パンを食べていたスーツ姿のおじさんや、パンが焼けるのを待っていた若者までが職人の列に並んでしまい、フレームに入りそうもない客は体を斜めにして顔だけでも突き出そうとする。

カメラと見ると条件反射的に撮られたいと思ってしまうらしい彼らに、笑い出したいのをこらえて私は四回ほどシャッターを切った。店先を離れる時に、礼のつもりで手を振ると、そこにいる男たち全員が笑いながら手を振ってきた。


ふと気がつくと、ひとりの若者があとからついてくる。さっきパン屋にいた若者だ。黒い髪に黒い眼《め》、黒いスラックスに黒いカーディガン、しかし頬《ほお》にはトルコの少年に特徴的な赤みがさしている。若者というより少年と言った方がいいような年頃《としごろ》なのかもしれない。視線が合うと、ニコッとする。私が歩くと、彼も歩き、私が立ち止まると、彼も立ち止まる。そして、私の視線の動きによって関心を示したものが何であるかがわかると、それについて身振りで何かを伝えようとする。

言葉は喋れないが、異邦人である私に何かをしてやりたいという好意を抱いてくれているらしいことが伝わってくる。

「ハーイ」

私は手を上げて笑いかけた。

「ハーイ」

彼も恥ずかしそうにそう言うと、手を上げて近寄ってきた。

「ユー・ウォント?」

彼はカタコトの英語で意志の疎通《そつう》を図ろうとしてきた。

「アイ・ウォント?」

私が訊《き》き返すと、彼は頷《うなず》いた。そして手を広げ、いろいろな方角に向けた。どうやら、お前はどこに行きたいのか、と訊ねているらしい。私は別にどこの何を見たいということもなく、ただ街をぶらぶらしていればそれでよかった。しかし、彼にそれを伝えるのはかなり難しいことのように思えた。そこで、私は自分がいちばん行きたい所はどこかを考えてみた。

このトラブゾンには歴史的に有名な寺院や僧院があるらしかったが、とりたてて行ってみたいとは思わなかった。私がこのトラブゾンで見たかったのは黒海だけだった。黒海という言葉の響きに魅《ひ》かれて、名前も知らなかったこの遠い町へ足を運んでみる気になったのだ。

黒海そのものは、昨日もエルズルムから来る途中の坂道から眺《なが》めたし、先程も埠頭から見てはいた。しかし、まだ黒海の水には触れていなかった……。

「ブラック・シー」

私が言うと、少年はすぐに理解してくれたらしく、先に立って歩きはじめた。やがて見えてきた海岸は、砂の浜ではなく、丸くなった黒い石の浜だった。海の色はもちろん黒くはない。しかし、まったくの青というのでもない。底までの深さによって色はさまざまに変化しているが、基調の色は翡翠《ひすい》のような緑だった。

道路から石の階段を降り、黒石を踏みしめて波打ち際《ぎわ》まで歩いていった。片手で海水を掬《すく》ってみると、その冷たさはもう冬の海のものになっている。

しばらく水平線の彼方《かなた》を眺めたあとで、私は海や湖の前に立った男なら必ずするだろうと思われることをした。平たい小石を拾うと海に向かって横手から投げたのだ。小石は海面を滑《すべ》るように飛んでいき、二度、三度とジャンプしてから沈んでいった。若者にはそれが不思議だったらしい。自分でもやってみようとしたがうまくいかない。私は平たい小石を拾って見せ、その持ち方を示し、海面と平行になるような投げ方を教えた。しかし、石を投げるという極めて簡単そうなことができないのだ。砲丸投げの投擲《とうてき》のようにぎこちないものになってしまう。彼の悪戦苦闘ぶりを眺めているうちに、もしかしたら、石を投げたりボールを投げたりするというのは、かなり高度な運動能力なのかもしれないという気がしてきた。日本の少年なら、野球のキャッチボールを通して難なく投げるということをマスターしていき、自分なりのスローイング・フォームを確立していくが、野球が身近にない国の少年たちにとっては、一定のフォームで石やボールを投げるというのはかなり難しいことなのかもしれなかった。

最初のうちはどうしてもうまくいかないようだったが、十数回目に投げた石がポーンと海面を跳ね上がった。ジャンプは一度だけだったが若者は得意そうに顎《あご》をしゃくって笑いかけてきた。

どのくらい二人で石を投げていただろう。若者が私の顔を見て、もう充分か、と訊ねるような表情を浮かべた。私が頷くと、浜から階段を上がり、また先に立って歩きはじめた。

どこに連れて行くつもりなのかわからなかったが、私は別に訊ねもしなかった。彼の好意に身を委《ゆだ》ねようという気持が固まりつつあったからだ。

緩やかな坂道をのんびり歩いていると、その途中にクラッシックな型のフォードの乗用車が停《と》まっていた。周囲の建物の古ぼけたくすみ具合と、陽光を受けた銀色のフォードの燦然《さんぜん》とした輝きは、いかにも鮮やかなコントラストを示していた。私がバッグからカメラを取り出して構えると、前のチャイハネから口髭《くちひげ》をはやした男が出てきて、盛んに何か言いはじめた。最初は、俺《おれ》の車だから撮るな、と言っているのかと思っていたが、どうやら、それとはまるで反対で、俺の車だから俺も一緒に撮ってくれ、と言っているらしかった。

私が大きく頷いて、自動車の前に立った男の写真を撮っていると、瞬《また》く間《ま》に人だかりがしてきた。そして、我も我もという感じでカメラの前に立ちたがった。私はなんだか嬉《うれ》しくなり、臨時の写真屋に徹することにして、次々と撮っていった。

チャイハネの前の通りは、突如、記念撮影の会場になってしまった。しかし、トラブゾンの人々のカメラ好き、記念写真好きには桁《けた》外れのところがあり、撮っても撮ってもきりがない。それもそのはずで、ひとりの男を撮ると、ちょっと待ってくれと言い残してどこかの路地の奥に走っていき、しばらくして戻ってくるとその腕には赤ん坊が抱かれていたりする。この子と一緒にもう一枚、というわけだ。最も驚いたのは、足腰の立たない老人を二人掛かりで運んできて、チャイハネの椅子《いす》を持ち出して坐《すわ》らせ、さあ撮ってくれと言われた時だ。ひょっとすると、これを葬式用の写真にするつもりではあるまいか。私がそんなことを思っていると、革のハーフコートを羽織ったその老人は、カメラを向けたとたん、杖《つえ》を片手にしゃんと胸を張ったものである。

いくら撮っても終わりそうもなかったので、三十六枚撮りのフィルムが二本なくなったところで打ち止めにさせてもらうことにした。すると、撮られた男たちは、一枚しかないのではないかと思われるような汚れた名刺を私に押しつけ、写真をここに送ってくれという。誰がどの名刺だか覚えられるはずはなかったが、この街では、恐らく、ひとりのところに送ればあとはどうにかしてくれるだろうと思えたので承諾した。

撮影大会を終えて、そこから少し離れたところにあるチャイハネに入った。

案内をしてくれている若者は学生らしかった。しかし、大学生でもなく高校生でもないということだったから、職業訓練所か専門学校のようなものに通っていたのかもしれない。

私はチャイを飲みながら彼からトルコ語のレッスンを受けた。新しい国に入った際にいつもそうしてきたように、一から十までの数字と、何、いくら、どこ、どのように、といった言葉の使い方を教えてもらったのだ。

若者は昨夜の髭の老人たちと同じく、日本という国に特別の親愛感を持っていた。

「ジャポン、フレンド」

と言ったり、

「アメリカ、ロシア、ノー・グッド」

と言ったりする。

そして、チャイハネの料金を払わせようとしないのも髭の老人たちと同じだった。チャイハネを出て、また歩きはじめると、道端でリンゴを売っている。値段はいくらくらいなのだろう。どこかに値札は出ていないかと眼で探していると、若者が訊ねてくる。

「ユー・ライク？」

好きだと答えると、リンゴを二つ買い、ひとつを手渡してくれる。私は金を払おうとすることをやめ、ありがとうと言って、リンゴをかじりはじめる……。

若者は私が街中をぶらぶらしたいだけなのだということを理解してきたらしかった。私が自動車の修理屋で働いている男たちの顔に魅《ひ》かれてカメラを取り出せば傍《そば》で黙って待っていてくれるし、公園の子供たちの遊びに興味を向けるとカタコトの英語で遊びのルールを教えてくれようとする。

私たちは別に大した話もしないまま夕方まで一緒に歩いた。若者の控えめな優しさがありがたかった。しかし、そういつまでも一緒にいるわけにもいかない。

別れ際に、私は礼をしようと思った。君に何かプレゼントしたい。何かほしいものはないか。そう訊ねると、彼はためらいがちに言った。

「マネー」

そうか、金がほしかったのか。これまでの親切も金が目当てのものだったのか。私は少しがっかりしたが、しかし、がっかりするこちらが勝手なのかもしれないと思い返した。彼は初めから私設ガイドのようなつもりで案内してくれていたのかもしれないのだ。それがわからなかったこちらが悪いとも言える。それなら、とにかく彼に払わせてしまったものの代金と、ほどほどの謝礼を払って別れることだ。

これがインドだったりすれば断固として金は払わなかっただろうなと思いながら、私はジーンズのポケットからトルコ・リラを取り出した。手のひらにのせた金を突き出し、好きなだけ持っていってくれというジェスチャーをすると、若者は慌《あわ》てたように言った。

「ノー、ノー」

「…………？」

「ジャポン、ジャポン」

「…………？」

私には彼が何を言いたいのかさっぱりわからなかった。

「ジャポン・マネー」

そこで、やっと理解できた。彼は日本の金がほしいと言っているのだ。

「ジャポン・マネー？」

私がそう言って自分の胸を指差すと、若者は大きく頷き、指で小さな丸い輪を作った。どうやら日本のコインが欲しいらしいのだ。私は自分の誤解が恥ずかしくなった。

その時、いま肩にしているバッグの中に日本のコインが入っているのを思い出した。東京を発《た》つ際、ジーンズのポケットに残っていたコインを、たまたま空になったフィルム・ケースに入れておいたのだ。

私はバッグから黒いフィルム・ケースを取り出し、それを手のひらにあけ、若者の眼の前に差し出して言った。

「どれでも好きなものを」

そこには百円と十円と五円の三種類のコインがあった。彼は迷っていたようだったが最終的に五円のコインを選んだ。

もうひとつどうか、と勧めると、いらないと首を振る。

「どうして？」

私が訊《たず》ねると、彼はたどたどしい英語で答えた。

「メモリー」

記念だから？

「ワン」

ひとつで？

「ノー・ツー」

ふたつはいらない？

「イエス、イエス」

彼は記念のものだからひとつで充分だと言っている。私はますます自分が恥ずかしくなり、何か他に礼ができないものか考えた。そして、あることを思いついた。

私は彼にホテルに来ないかと勧めた。彼はいくらか怪訝《けげん》そうではあったが、興味を覚えたようだった。

ホテルに着き、鍵《かぎ》を貰《もら》おうとすると、フロントの親父《おやじ》がうさん臭そうに若者を見る。別にそんな必要もないのだが、私は親父に彼に見せたいものがあるのだと説明した。

部屋に案内すると、若者は狭い部屋を珍しそうに眺めていた。

ひとつだけある椅子に彼を坐らせ、私は部屋の隅《すみ》においてあるザックを開けた。そして、その底に手を突っ込み、ビニールの袋を引き出した。

そこには、私がこれまで通過してきた国で、国境を越えるまでに使い切ることができなかったコインが残っていたのだ。私はそれを机の上にザッとばらまき、それぞれの国別に選《よ》り分けた。そしてさらに、コインの種類別にも分類した。若者は私が何をしようとしているのかわからないようだった。私は分類が終わると彼に言った。

これは香港《ホンコン》のコイン、これはマカオのコイン、これはタイランドのコイン、これは……。

そして、もしよければこれを持っていかないか、と勧めた。

僕に？

そう、君に。

これを？

そう、好きなだけ。

彼は顔を輝かせ、本当に自分が貰ってもいいのか、というジェスチャーを何度も繰り返した。

「さあ」

私が言うと、彼は考え考え取っていった。私のつもりでは一種類につき一枚ずつ貰ってもらおうと思っていたが、彼はひとつの国から一枚しか取っていかなかった。それは香港のエリザベス女王の肖像が刻まれている五ドル硬貨だったり、タイの六角形のコインだったりした。それが彼における「メモリー」のためのルールだったのだろう。

選び終わると、嬉しそうな顔をして言った。

「オーケー？」

いいのか、と心配して言っているのだろう。こんなものでよければいくらでも持っていってくれていいのだ。

「オーケー」

私が言うと、彼は安心したように頷いた。

6

サムスン経由アンカラ行きのバスは午後一時きっかりにトラブゾンを出発した。

道は黒海の海岸線に沿って続いている。しばらく走ると、小さな岬《みさき》が見え、そこを過ぎると、入江が現れる。

入江を過ぎ、岬を越え、また入江を通り過ぎる。そんなことを何度となく繰り返していくうちに、陽《ひ》はしだいに傾き、赤く大きくなっていく。

夕陽は岬に消え、しかしまたすぐに現れては、海を黄金色《こがねいろ》に染める。

バスの車窓からその輝きを見ているうちに、私は不思議な気分になってきた。

これから私はアンカラに行く。それはひとりのトルコ人女性と会い、あることを告げるためだった。

デリーからロンドンまで乗合いバスで行くというこの旅には、まるで何の意味もなく、誰にでも可能で、しかしおよそ酔狂《すいきょう》な奴《やつ》でなくてはしそうもないことをする、という以上の目的はなかった。だから、デリーを出発した以上、ロンドンまではどのようなコースを取ろうと自由だった。どこを通りどこに寄らなくてはならないという義務はまったくなかった。だが、ただひとつ、トルコだけは何としても経由していかなければならない理由があった。

旅に出る直前、建築家の磯崎新《あらた》と彫刻家の宮脇愛子の夫妻が、浜松町の中華料理屋で壮行会を催してくれた。

その場で、夫人にひとつ頼みをきいてくれないかと言われた。

それはこういうことだった。

自分には美術の世界に何人かの師がいるが、そのひとりである画家が、先年、ローマで客死してしまった。その画家には、トルコ人の女性の弟子がいた。一時はローマで一緒に暮らしていたが、画家には日本に残してきた妻子がいる。どうしても結婚できないことを悟ったトルコ人の女性は、やがてトルコに帰っていった。トルコでも美術活動は続けているらしい。ついては、もしトルコを通るようなことがあったら、自分とはきょうだい弟子に当たる彼女を捜し出し、これを渡してくれないだろうか……。

そう言って夫人がバッグから取り出したのは、鎌倉の神奈川県立近代美術館におけるその画家の回顧展のパンフレットだった。

私は喜んで引き受けさせてもらうことにした。おいしい中華料理を御馳走《ごちそう》になったからというばかりでなく、目的らしい目的のない旅にひとつの目的ができたことが嬉しかったからだ。

夫人は、私の返事を聞くと、そのパンフレットの裏にペンを走らせた。

懐《なつ》かしいゲンチャイへ
先生が亡《な》くなりました
愛子より

パンフレットを受け取り、書き慣れた上手な英語で記された文章を眼《め》で読みながら、私は夫人に訊ねた。

「ゲンチャイというのがその方の名前ですか」

「そう。でも、姓じゃなくて、名前なの。たぶんそれがペインティング・ネームになっていると思うのだけれど」

「トルコのどこに住んでいるんですか」

「それが……よくわからないの」

私はそれを聞いてますます闘志が湧《わ》いてくるのを覚えた。

「トルコではきっと有名になっているはずだから、どこかで聞けばわかると思うのだけど」

「探してみます」

私は胸を張った。こういうことなら人には負けない。まずはアンカラかイスタンブールの新聞社を訪ねてみよう。そこでわからなければトルコの美術協会のようなところで訊《き》いてみればいい。そこでもわからなかったら……それ以上は考えなくていい。次の手掛かりというものは、いくつかの場所を歩いているうちに自然と現れてくるものなのだ。

もちろん、彼女に会えるかどうかわからなかった。ゲンチャイが現役の美術家であれば所在も明らかになるかもしれなかったが、美術の世界から離れていればかなり難しくなる。おまけに、わかっているのは名前だけなのだ。姓も定かでない女性を探すというのは日本でもかなりのことだが、それでも私がなんとかなるだろうと高《たか》をくくっていたのは、テヘランを小さな町と思い込み「なんとかというホテル」というだけで目的のホテルを見つけられると錯覚していたように、どこかでトルコを小さな郡か県のように思っていたからかもしれない。

ところが、テヘランの「なんとかというホテル」で幸運にも磯崎夫妻と会うことができ、シェラトン・ホテルのレストランで豪華な夕食を御馳走になった時、別れ際《ぎわ》に夫人から一枚のメモ用紙が渡されたのだ。

《カサプチャ氏　アメリカ大使館》

夫人の説明によれば、私が出発したあとで、ゲンチャイが結婚している相手の姓がわかったというのだ。そして、その相手のカサプチャ氏はアンカラのアメリカ大使館に勤めているらしいという。

私は探す楽しみがなくなってしまったなあ、などと減らず口を叩《たた》いたが、ほんとうのところは助かったなと思っていた。その情報を持たずにトルコに入っていたら、テヘランでのホテル探しどころではない大変な思いをしたに違いなかった。

しかし、テヘランで磯崎夫妻と別れ、時間が経《た》つにつれて、ゲンチャイという女性に会いに行かなければならないということが気重に感じられるようになってきた。もし、その「先生」のことをいろいろ訊ねられたらどうしよう。私は回顧展のパンフレットで読んだこと以上には知らないのだ。日本からはるばるその死を知らせにくるほどの人間が、何も知らないというのも妙なものだ。

気重な理由はそれだけではなかった。

テヘラン以前にも、バスに乗ってぼんやりしたりすることがあると、これから訪ねていくべきゲンチャイという女性と「先生」の二人の物語について、思いを巡らすことがあった。二人はどのように出会い、どのような日々を送り、どのように別れたのだろう。磯崎夫人から詳しい話を聞かなかった分だけ想像の範囲は広がった。そして、頭の中で繰り返し繰り返し二人の物語を織り上げていくうちに、ふと自分が父の死を父の愛人に告げにいく息子になったような気がすることがあった。パンフレットによれば、「先生」と私の父とは年齢的にほとんど変わらなかった。その上、テヘランで磯崎夫人から新たな情報を受け取り、ゲンチャイという女性とかなりの確率で会えそうになって、父の死を愛人に告げにいく息子の役割、というものからさらに一歩進んで、父の愛人と会う息子の恐れ、というものまでも疑似的に身につけてしまったようなのだ。その恐れとは、たぶん、父が母とは別の女性を愛してしまったということ自体にあるのではなかった。その女性が果たして「この人なら」と納得できるような女性なのかどうかという不安、いや、ぜひそのような女性であってほしいという願望、から生まれるものであるに違いなかった。ゲンチャイとはどのような女性なのだろう。会って失望するようなことがなければいいのだが……。

いくつの岬を越え、いくつの入江を通り過ぎたことだろう。やがて陽はすっかり沈み、バスは澄んだ藍色《あいいろ》の闇《やみ》に覆《おお》われるようになった。

サムスンに着いたのは午後八時だった。途中いちども休憩時間がなく、食事のためバスから降り、大きな伸びをすると、固まってしまった体の筋肉が気持よくほぐれていくのが感じられた。

食事が終わり、そこからの客を新たに乗せ、またバスは真っ暗な道を走りはじめた。

私は窓の外に眼をやりながらさまざまなことに思いを巡らせていたが、ふと気がつくともう終点のアンカラのバス・ターミナルに到着していた。時計の針は午前二時十分前をさしている。ほぼ六時間も茫然《ぼうぜん》と窓の外を眺《なが》めていたらしい。いや、外は闇だったから、眺めていたのは私の心の奥だったのかもしれない。

荷物係からザックを受け取り、さてどうしたものだろう、と考え込んでしまった。今夜泊まるところについての当てがまったくなかったのだ。

トルコでもイスタンブールに関する情報はいくつか得ていた。西から下ってきた旅行者たちが、すれ違うたびに自分たちが泊まってきた宿や食堂のよしあしを伝えておいてくれたからだ。しかし、アンカラにはこれといった観光名所がなく、彼らも一気に通過してしまうことが多いためか、大した情報を持っていなかった。

どの辺りに安宿があるのか知らない上に、ここもやはり地図やガイドブックの類《たぐ》いを持っていない。おまけに深夜の二時を過ぎようとしている。安宿を求め勘にまかせて街をうろつき廻《まわ》るわけにもいかない。

いささか途方に暮れていると、同じバスから降りてきたスーツ姿の中年男性が英語で話しかけてきた。

「どうかしましたか」

「いや……」

反射的にそう言いかけて、せっかくの親切をむげにすることはないのでは、と思い返した。この旅に出てからというもの、ターミナルやバザールで誰かに声を掛けられると、反射的に拒絶するのが習性のようになっていた。しかし、その中年男性は別に警戒する必要のない人物のように思えた。口髭《くちひげ》をたくわえた知的な顔立ちが大学の教師か研究者のような雰囲気《ふんいき》を漂わせている。

「どこに泊まろうかと思って……」

私が言うと、彼が訊ねた。

「ホテルの予約はしてないのですか」

この旅ではそんなことは一度もしてもいなかったし、これからもするつもりはなかった。しかし、私は余計なことは言わず、ええ、とだけ答えた。すると、彼はしばらく考えたあとで、こう言った。

「私の家にいらっしゃい」

「えっ？」

「私の家に泊まったらいい」

あまりにも唐突な申し出に驚いた。そして、また警戒心が湧いてきてしまった。会ったばかりの、どこの馬の骨ともわからない旅行者を、かくも簡単に家に泊めようとするのは何か魂胆があるのではないだろうか。そう思って見てみると、いかにもいわくありげな人物に思えてくる。ほんの少し前に、大学教師風の印象を受けた顔立ちも、知的というよりむしろ狡猾《こうかつ》そうな気配を漂わせているような気がしてくる。まったく人間の印象などというものはいい加減なものだ。そう苦笑したくなるのを押さえて、私は断った。

「結構です」

「遠慮しなくていいんですよ。よくあることですから」

よくあることとはどういう意味なのだろう。やはりこの人は大学の先生のような人物で、学生たちをよく泊めるということなのだろうか。また、いくらか警戒心が解けかかったが、いや、とにかくゲンチャイに会って「使者として」の役割を果たすまでは危険を冒してはならないのだ、と妙な義務感に駆り立てられ、私はその申し出を断った。

「そうですか、わかりました」

中年男性は、意外に簡単に引き下がり、言った。

「では、私に何かできることはありますか」

この人はどうしてこんなに親切にしてくれるのだろう。不思議に思いながら、しかし私は訊《たず》ねてみた。

「どこかに安い宿が集まったようなエリアはないでしょうか」

「旧市街に安い宿がいくつかあります」

そして、そこはウルスと呼ばれている地区だと教えてくれた。

「ウルスへはどう行ったらいいんですか」

私が訊ねると、彼はまたしばらく考えてから、言った。

「タクシーでそこまで乗せていってあげましょう」

「いいんですか」

「家に帰る途中ですから」

私はどうしてここまで親切にしてくれるのかわからないまま、ターミナルの前に停《と》まっていたタクシーに、中年男性と一緒に乗せてもらうことにした。

タクシーが走りはじめると、あまり喋《しゃべ》ることはなくなってしまった。だが、どうしてこんなに親切にしてくれるのだろう。

「どうして……」

私が言うのと、彼が口を開くのがほとんど同時だった。

「旅というのは……たいへんなものですからね」

「ええ、まあ……」

そう相槌《あいづち》を打ちながら、もしかしたら、この人は若いころに長い旅をしたことがあるのかもしれないなと思った。

乗ってどのくらいたったろう。長く感じられたが五、六分のことだったかもしれない。中年男性がタクシーを停めた。

「ここならさほど高くないはずです」

窓ガラス越しに外を見上げると、五、六階建ての建物に「ベルリン」という看板が掛かっていた。私が泊まるにはいささか上等すぎるような気がしたが、別のホテルにしてほしいなどと注文をつけるのは、せっかくの親切を無にするように思え、素直にタクシーを降りた。

中年男性は、礼儀正しく「よい旅を」と言いかけて、笑いながら言い直した。

「よい睡眠を」

私は走りだしたタクシーに向かって、ありがとう、さようなら、としか言えなかった。

タクシーがすっかり見えなくなってから、もう少し安そうなホテルを探そうと歩きかけたが、急に面倒になってしまった。疲れを感じ、眠気も覚えてきた。もういい、別にヒルトンに泊まろうというのではないのだ。かりにこれから探し廻り、自分のイメージした通りのホテルを見つけることができたとしても、せいぜい十リラ安くなるかどうかというくらいのものだろう。だとしたら、この「ベルリン」をアンカラの宿にしてもいいかもしれない。とにかく、部屋を貰《もら》って眠ることだ……。

翌朝は十時過ぎまで眠っていた。やはり、イスファハンから一気にトルコに入り、エルズルム、トラブゾン、アンカラと突っ走ってきた疲れが出てきたらしかった。もう少し眠っていたかったが、今日はゲンチャイを訪ねていかなければならない。しかも、まず最初に訪ねていかなければならないのは夫君が勤めているらしいアメリカ大使館である。これまでも、次に通過しようとする国のビザを取るためさまざまな大使館に行ったが、午前中しか開いていないというところが多かった。それはビザの取得に限られたことかもしれなかったが、午後に行って大使館が閉まってでもいたら、丸一日を無為に過ごさなくてはならなくなる。なにしろ、そこがゲンチャイに接触するための唯一《ゆいいつ》の窓なのだ。

私は掛け声を上げて跳び起きるとシャワーを浴び、髭を剃《そ》り、イスファハンで洗濯《せんたく》しておいた清潔なシャツを着た。

あらかじめカサプチャ氏に電話をしておこうかと思ったが、電話では何をどう説明してよいかわからなかった。その妻である人の、かつての愛人らしき人物についての知らせを携《たずさ》えての訪問なのだ。

——私は日本から来ました。奥さんの親友に頼まれたことがあります。それは……。

それは、とうていカサプチャ氏に伝えられるようなことではなかった。

——渡してくれと預かったものがあります。

しかし、それを彼の眼に触れさせるわけにはいかない。「先生」とは誰なのか疑問を抱かないとも限らないし、また、それは自分がゲンチャイに渡しておくからとそっけなくあしらわれても困る。

私は直接アメリカ大使館にカサプチャ氏を訪ねることにして、フロントでアメリカ大使館のある場所を訊ねた。

最初のうちは、その若いフロントマンも、私の要望に従って新市街にあるというアメリカ大使館までのバスでの行き方を説明してくれようとしたが、やがて面倒になったらしく、タクシーで行けば運転手が連れていってくれる、と言い出した。冗談じゃない。そう言い返そうとして、思い直した。未知の人を訪ねていくのだ。バスや徒歩でうろうろしながら行くよりは、少し余分の金を払っても心を落ち着けて行った方がいいのではないか。それに、この訪問は、この旅の唯一の義務であり、一種のハイライトであるかもしれないのだ。

タクシーの運転手にアメリカ大使館の前で降ろしてもらい、私は大きく息を吸って構内に入っていくと、受付でカサプチャ氏に会いたいのだがと告げた。

待合室のようなところに通されて二、三分してカサプチャ氏が姿を現した。私はそのカサプチャ氏を見て、意外な感じを受けた。私には、「先生」や磯崎夫人の年齢から想像していたゲンチャイのイメージがあり、その夫君としてのカサプチャ氏に対するイメージがあったのだが、それよりはるかに若く、またスマートな優男《やさおとこ》だった。もっとも、意外な感じを受けたのは私だけでなく、カサプチャ氏も同じようだった。訪ねてきたのがヒッピーまがいの見知らぬ東洋人の若者なのだ。

「どんな御用ですか」

訝《いぶか》しげな表情に微《かす》かな笑みを浮かべて、カサプチャ氏が流暢《りゅうちょう》な英語で訊ねてきた。

あなたはカサプチャさんですか、ゲンチャイさんの夫のカサプチャさんですかと確かめ、イエスという答えを貰ってから、私はしどろもどろに喋りはじめた。私が日本から来たこと、あなたの奥さんのゲンチャイにアイコという親友がいること、そのアイコに頼まれて持ってきたものがあるということ……。しかし、もちろん、それがゲンチャイの愛人の回顧展のパンフレットだとは言えなかった。

話を聞くと、カサプチャ氏は、少し待ってくれないかと言い残して、中の事務室に入っていった。

しばらくして出てきたカサプチャ氏は、さっきよりもう少しはっきりした笑顔を浮かべて言った。

「もうすぐランチに帰るので、それまで待ってくれませんか」

時計を見ると十一時半を過ぎていた。

私は仕事を片付けてくるのだろうカサプチャ氏を待ちながら、いささかあっけなく「使者として」の役割を果たせそうなことに驚いていた。それにしても、なぜか私には、カサプチャ氏の意外なほどの優男ぶりは、まだ見ぬゲンチャイの幸せより不幸せを暗示しているような気がしてならなかった。

十二時少し前にカサプチャ氏は現れ、大使館の庭に停めてあった白いフォルクス・ワーゲンまで案内してくれた。

「どうぞ」

その言葉に促《うなが》されて私が助手席に乗り込むと、カサプチャ氏も運転席に坐《すわ》ろうとしたが、館内から若い女性が出てくるのを見つけると、声を掛けた。どうやら、一緒に乗っていかないかと勧めているらしい。彼女は、私の姿を認めたためだろう遠慮していたが、カサプチャ氏の強い勧めに、ようやく車に近づいてきて後ろの席に乗り込んだ。すらりとした美しい女性だった。もちろん、それが単に同僚をついでに乗せていくというだけのことだとは理解しても、そのいささか強引な勧め方にカサプチャ氏の人柄《ひとがら》が滲《にじ》み出ているようにも思えた。もしかしたら、この人はかなりの遊び人なのではあるまいか……。

かなりの大廻りをして同僚の美人を送り、やがて二階建ての家の前で停まった。カサプチャ氏が玄関の扉《とびら》を開けて家の中に入っていき、それとほとんど同時に出てきた女性を見て、私はまた意表を衝《つ》かれた。

〈この人がゲンチャイなのか……〉

彼女は黒のタイトなワンピースを着ていた。真っすぐな黒い髪は真ん中から左右に分け、肩のあたりまで垂れている。眼も鼻も口もくっきりとした輪郭を持っており、とりわけ口元に強い意志を感じさせるものを持っている理知的な美人だった。想像していたような儚《はかな》げな風情《ふぜい》のある女性ではなかったが、私はどこかでホッとしていた。この人なら、と。

「僕は日本から……」

私が説明しかかると、ゲンチャイが遮《さえぎ》るように言った。

「アイコのお友達ね」

カサプチャ氏が電話であらかじめ話しておいてくれたようだった。

「アイコが……よろしくと言っていました」

「アイコは元気？」

「ええ、とても」

「そう……」

私はいつ用件を切り出そうかと思ったが、それより先にゲンチャイが中に案内してくれてしまった。

通された部屋には大きなダイニング・テーブルがあり、年配の御夫婦が坐っていた。カサプチャ氏が紹介してくれたが発音がややこしくてどうしてもその名前は覚えられなかった。

どうやら、もともとその夫婦を昼食に招待してあったらしい。そこに私などという妙な客が来ることになってしまったので、急遽《きゅうきょ》、席をひとつ増やしたということのようだった。

チキンのソテーをメイン・ディッシュとする食事が終わると、カサプチャ氏は客の夫妻を送りがてら大使館に戻っていった。

そこで、私はこの訪問の本当の目的を話すことにした。磯崎夫人から預かった「先生」の遺作展のパンフレットを取り出して言った。

「アイコにこれを渡すように頼まれました」

ゲンチャイはパンフレットを受け取ると、ゆっくりと頁《ページ》を繰っていった。表情がどう変わるか注視していたが、ゲンチャイは淡々とした表情を変えなかった。そして、最後の頁に記された、磯崎夫人からゲンチャイへのメッセージに眼《め》が止まった時、私は言った。

「先生は亡《な》くなりました」

すると、ゲンチャイはパンフレットから眼を上げ、私を見つめて言った。

「知っています」

私は、いま何とおっしゃいました、と訊《き》き返した。

「先生が亡くなったのは知っていました」

「そうなんですか……」

私は茫然《ぼうぜん》としてしまった。私がここまで来たのは、ひとりの日本人男性の死をひとりのトルコ女性に知らせるということに、いわばヒロイックな使命感を抱いたためといってもよかった。もちろん、それがこの旅の目的のすべてではなかったが、私を前に進めさせる強い動力源になっていたことは確かだった。ところが、彼女はすでにその死を知っていたという。いったい自分は何をしにきたのだろう。

私のがっかりした様子が見て取れたのだろう、ゲンチャイが言った。

「散歩をしましょう」

ゲンチャイは台所で後片付けをしているメイドに何事か指示をして外に出た。

「トルコの美術に関心はある？」

「ええ、まあ……」

すると、ゲンチャイはタクシーをつかまえ、近代的な建物の並ぶ通りまで走らせた。通りに面した画廊のひとつに入ると、ゲンチャイは言った。

「これがトルコの美術界の水準なのよ」

そこにはかなりシニカルな響きがこめられていた。そう言われてよく見ると、どれも西欧の画家のコピーのような作品が多かった。

「見て」

ゲンチャイは絵の下につけられている値段を指差して言った。

「この絵にこんな値段がついている」

私には安いのか高いのかわからなかったが、かなりの数のゼロがついていることは確かだった。

「トルコでは値段のつけ方がクレイジーなの」

その声音を聞いて、ゲンチャイはトルコの美術界では不遇なのかもしれないなと思った。

そこを出ると、少し歩いてまた別の画廊に入った。

「ここには私の作品があるわ」

これがそう、これもそう、と指差される絵は、やはりどこか「先生」の影響を受けているように思えた。曖昧《あいまい》さの少ない明確な線を用いた抽象画。面に塗り込められた色彩も濁りの少ない鮮やかなものが多い。

「私の手法がいろいろな人に使われるようになってね」

私は何と言ってよいのかわからないまま、長い間それらの絵の前に立ちつくした。

「行きましょうか」

画廊の女性と話をしていたゲンチャイが私に声を掛けてきた。

私たちはその画廊を出ると、近くのカフェに入った。何にすると訊《たず》ねられ、何の考えもなくチャイと答えると、ゲンチャイが言った。

「ビールは嫌《きら》い？」

私は慌《あわ》てて大好きですと答えた。

ビールを呑《の》みながら、私は不思議でたまらなかった疑問について訊ねた。

「どうして先生が亡くなったのを知っていたのですか」

するとゲンチャイは、ふっと遠い眼つきをしてから低く艶《つや》のある声で話しはじめた。

「二年前の冬のことだったわ。体のコンディションがとても悪くなって、寝込んでしまったの。それは四週間も続いてね。原因はまったくわからない。それで、占ってみたの。占星術で。すると、ローマで何かが起こっているのがわかった。それで、もしかしたらと思ったの。センセに何かが起きたのではないかしら、と」

ゲンチャイは「センセ」というところは日本語で言った。

「それでローマに電話を掛けてみた。すると、どなたか女性が出てきて、一週間前にセンセが亡くなったと教えてくれたの」

私は言葉もなかった。喋《しゃべ》り方は淡々としていたが、彼女の言葉には「センセ」への強い思いが感じられた。

「どこか行きたいところはない？　案内するわ」

ゲンチャイに会ったいま、私にはこのアンカラで特に行きたいところなどなかった。

「あなたがいちばん好きな場所に連れていってくれませんか」

私が言うと、ゲンチャイはにっこりして言った。

「それでは、ヒッタイト美術館に行きましょうか」

ゲンチャイは勘定を払うと、外に出てタクシーを拾った。

タクシーは新市街から旧市街に入ったらしく、辺りの風景が私にも見覚えのあるものになってきた。そして、しばらく行ったところでゲンチャイが運転手に停車を命じた時には驚いた。なんとそこは私が泊まっているホテルの前だったのだ。

「ここに泊まっているんです」

タクシーを降りながら言うと、ゲンチャイは口元を綻《ほころ》ばせた。

「いいところに泊まっているのね」

それはホテルそのものではなく場所のことを言っているようだった。

「ここからは歩いた方がいいの」

ゲンチャイはそう言うと、銀杏《いちょう》並木が続くホテルの前の坂道を登りはじめた。

坂道の片側は谷になっており、夕暮れ時のアンカラの旧市街が見渡せた。

「朝はもっと素敵よ。私は大好きなの」

向かいの丘には崩れかかったような古い家がへばりつくように建ち並んでいる。屋根はすべて赤い瓦《かわら》で覆《おお》われている。そこに夕陽《ゆうひ》が当たり、丘全体が赤く燃えているように見える。その美しさは息を呑むほどだった。

「今朝、センセのことを思ってた」

私は肩を並べて歩きながら黙って彼女の話に耳を傾けた。

「だから、あなたのことを電話で聞いた時も少しも驚かなかったの」

勘の鋭い人なのかもしれない。何となく眼のあたりにその感じがないこともない。

それにしても、ゲンチャイはなぜ「センセ」と別れることになったのだろう。会ったばかりの私にそんな不躾《ぶしつけ》な質問ができるはずはなかったが、この時間のこの場所ではなぜか許されるような気がした。しかし、いざ口にしようとするとやはりためらわれ、そのうちに美術館の入口に着いてしまった。

「素晴らしいものがあるわ。楽しんでいらっしゃい」

ゲンチャイはそう言うと、子供が待っているから帰らなくてはならないと付け加えた。彼女に小学生の娘がひとりいるということは昼食の時に聞いていた。

「いつまでアンカラにいるの」

決めていなかった。

「明日のお昼も食べにいらっしゃい」

「ええ」

私が言うと、彼女は独り言のように呟いた。

「私は……ローマを……愛していたわ」

それはかつて人生のある時期を過ごした土地を懐《なつ》かしむ言葉であると同時に、その一時期を共に過ごした人への思いを告白している言葉のようにも聞こえた。私は……あの人を……愛していたわ、と。

私は坂道を下っていく彼女を姿が見えなくなるまで見送った。

7

翌日もゲンチャイの家で昼食を御馳走《ごちそう》になり、また二人でアンカラの街を散歩した。新市街では並木の枯葉が冷たい風に舞っていた。私たちはそれを落ち着いた雰囲気《ふんいき》のカフェのガラス越しに眺《なが》めつづけた。そして、最後のビールを呑んで別れの挨拶《あいさつ》を交わした時、私はこれでもうアンカラに未練はないなという気がした。

アンカラ最大の名所であるケマル・アタチュルクの廟《びょう》には行かなかったが、ゲンチャイに会うことができたばかりでなく、二日にわたってゆったりとした不思議な時間を持つことができた。もう充分だ。イスタンブールへ出発しよう。私はその足で長距離バスのターミナルに立ち寄った。

イスタンブール行きのバスは、やはり運行する会社の違いによって何種類かあり、それぞれ出発時間と料金が異なっていた。私は最高級のバス料金である七十リラの半分、三十五リラのバスに乗ることにした。出発時刻は午後の六時だという。イスタンブールまでの所要時間は約八時間ということだったので、到着は午前二時前後ということになる。サムスンからアンカラへの道中と同じく、これも夜間の移動になってしまう。もったいないという気がしないでもなかったが、もう一晩をこのアンカラでぼんやり過ごすのはもっともったいなかった。

ホテルに戻ると、フロントに預けてあったザックを受け取り、バス・ターミナルに引き返した。


六時に出発したバスは、食事のための休憩をいちど取っただけでイスタンブールへ向かって突っ走った。

私は休憩で停《と》まった食堂で隠元豆《いんげんまめ》のスープとパンだけの簡単な夕食をとり、バスの中で食べるつもりでリンゴをひとつ買っておいた。しかし、車内の暖房と心地よい揺れのおかげで、バスがふたたび走りだすとすぐに眠り込んでしまった。

気がつくと、バスは停まっており、乗客がざわついている。今まさに、ターミナルに着いたところらしい。

ここがイスタンブールなのだろうか。それにしてはなんだか薄暗く寂しすぎるような気がする。だが、時計を見ると、午前二時を廻《まわ》っている。とすれば、ここがイスタンブールであって悪いことはない。

私の三列前に白人の若者が坐《すわ》っていた。彼とは、休憩の際、食堂で席を探している時に眼が合い、軽く挨拶を交わしていた。髪を肩まで垂らし、キリスト風の髭《ひげ》を生やしていたが、年頃《としごろ》は私とほとんど変わらないものと見受けられた。立ち上がりかけたその彼に、私は背後から声を掛けた。

「ここがイスタンブールなのか？」

すると、振り返った若者が頷《うなず》いて言った。

「そうだ。アジア・サイドのバス・ターミナルだ」

イスタンブールはボスポラス海峡を挟《はさ》んでアジア側とヨーロッパ側とに別れており、安宿があるのはヨーロッパ側のスルタン・アーメット地区と呼ばれる一帯だと聞いていた。アジア側ならまだ降りる必要はない。

私が腰を落ち着けると、白人の若者が言った。

「スルタン・アーメット・エリアへ行くならここで降りた方がいい」

彼の説明によれば、このバスはヨーロッパ側のバス・ターミナルであるトプカプ・ガラジにも行くが、この時間ではそこからスルタン・アーメット地区へのバスの便がなく、タクシーを使わなくてはならないという。しかし、このハレム・ガラジからなら、近くの桟橋《さんばし》からフェリーに乗ってヨーロッパ側に渡ると、あとは歩いて行くことができるというのだ。

私は彼の勧めにしたがって、「ハレム」といういかにもエキゾチックな名をもったそのバス・ターミナルで降りることにした。

フェリーの桟橋はバス・ターミナルの眼の前にあった。私がジーンズのポケットのコインを探りながら歩いていると、先に立って歩いていたキリスト髭の若者が振り返って言った。

「二リラだ」

フェリーは、バスの乗客が急ぎ足で乗り込むと、その到着を待ち構えていたかのようにすぐに出港した。

船室では白い上着を着た男が売店横のバー・カウンターでチャイを入れていた。ポットから立ち昇っている湯気がいかにも暖かそうだった。いくらなのだろう。私が船室を見まわしてキリスト髭の若者を探すと、ベンチ式の椅子《いす》に坐っていた彼も私の挙動に注意を払っていてくれたらしく、人差し指を一本立てた。一リラらしい。私はチャイをもらい、受け皿にのっている砂糖の小さな塊を二つ入れ、スプーンでよく掻《か》きまぜた。そして、熱くなったグラスの口を親指と人差し指で持つと、船室を出てフェリーの舳先《へさき》に廻った。

風は思いのほか冷たく、熱かったチャイのグラスもすぐに両手で包み込んで持てるようになった。

いま私はアジアからヨーロッパへ向かっている。春の初めにアジアの端の島国から出発した私は、秋の終わりにヨーロッパのとば口に差しかかろうとしている。この船でこのボスポラス海峡を渡り切れば、東ローマ帝国の都であったかつてのコンスタンチノープルに到着するのだ。

しかし、その重層的な歴史が塗り込められているはずの街は、夜の深い闇《やみ》に覆《おお》われて何も見えない。対岸は、丘にでもなっているのだろうか、ところどころに点々と灯《ひ》が見えるだけだ。その灯はいかにも心細げで、かえって丘の暗さを浮き立たせるばかりのように思えた。

〈あれがヨーロッパなのか……〉

私は体が冷えてくるのにもかかわらず、甲板に立ち尽くしたまま、しだいに近づいてくる暗い丘を見つめつづけた。

対岸の桟橋が近づくにつれて、暗い丘と暗い空の境目に尖塔《せんとう》のようなものが突き出ているのが見えてきた。それは、これまで見てきた街道沿いの小さなモスクの尖塔とはスケールのまったく違うものだった。あれがブルー・モスクの尖塔なのだろうか。昼間だったら、もっとはっきり見えていたに違いなかった。私は深夜便で来てしまったことをちょっとだけ後悔した。

フェリーは十五分ほどでヨーロッパ側の桟橋に着いた。

降りると、先に下船していたキリスト髭の若者が待っていてくれ、私の姿を認めると黙って歩きはじめた。私は歩を速めて彼と肩を並べた。

乗客が思い思いの方向に散っていくと、暗く静まり返った街を歩いているのは私たち二人だけになった。彼はこの界隈《かいわい》を知悉《ちしつ》しているらしく、迷うことなく道を選んでいく。問屋街なのか道の両側には店舗らしい店構えの家や倉庫風の建物が並んでいる。

道はやがて石畳の急坂になった。私は寝袋つきのザックを背負っているが、彼はナップザックひとつの身軽さである。私は息を弾ませながら訊ねた。

「この坂の上なのか」

「そうだ」

「そこがスルタン・アーメット・エリアなのか」

「そうだ」

もともと無口なのか、あるいは疲れているのか、彼はほとんど自分から口を開かない。私が訊ねることに最少の言葉で答えるだけだ。しだいに私も言葉少なになっていった。

黙りこくったまま十五分も歩いたろうか。坂を登り切ると広い通りに出た。そこを左に折れると彼が言った。

「ここだ」

しかし、ここだと言われても、街は暗く静まり返っているため、どこに安宿があるのか見当がつかない。茫然《ぼうぜん》としている私に、彼がまた言った。

「俺《おれ》には泊まれる宿がある」

「…………？」

「よかったら来るといい」

彼はそう言い、先に立って歩きはじめた。そして、みすぼらしい長屋のような建物の前で足を止めると、自分の家のような自然さで中に入っていった。よほど長く滞在しているに違いなかった。

狭い通路の脇《わき》に小さな帳場があり、その奥でがっしりした体格の中年の男が居眠りをしている。若者がテーブルをコツコツと叩《たた》くと、ゆっくりと眼《め》を開けた。

キリスト髭の若者には仲間のいるドミトリーにベッドが確保されているということだったが、それ以外にはドミトリーの空きはないとのことだった。できればドミトリーに泊まりたかったが、だからといって、午前三時になろうというこの時間に、ベッドを求めて初めての街をうろつくのは億劫《おっくう》だった。それに、帳場の男にいちばん安い部屋の値段を訊ねてみると、ドミトリーの十リラが十五リラになるにすぎないこともわかった。どうせ一晩のことだ。明日の朝あらためて部屋さがしをすればいい。

私もここで泊まることにして鍵《かぎ》を貰《もら》い、待っていてくれたキリスト髭の若者と二階に上がり、「グッド・ナイト」と挨拶を交わして部屋に入った。

扉《とびら》に「7」という番号のついたその部屋には、スプリングの弛《ゆる》んだシングル・ベッドがぽつんとあるだけだった。シャワーやトイレがないのは承知の上だったが、冷えびえとした室内に暖房器具というものが見当たらない。アンカラのベルリン・ホテルにはまがりなりにもスチーム暖房が効いていた。イスタンブールはアンカラほどの高地ではなく、暖房が不要なのかもしれなかったが、海の冷たい風にあたり、夜の街を歩いてきた身には、部屋の寒々しさがこたえた。私はベッドの端に腰を下ろし、大きく息をついた。

ふと、香港を思い出した。さっきまで乗っていたフェリーが香港のスター・フェリーを連想させることになったのだろう。そういえば、あの時も、訳のわからぬまま暗くいかがわしげなホテルに連れてこられ、これから自分はいったいどうなるのだろう、と不安に思ったものだった。

今このイスタンブールでも、思いがけない成り行きから名前も定かではないオンボロ宿に泊まり、これからどうなることやらと考えている。

しかし、同じような状況にありながら香港の時のような湧《わ》き立つような興奮がないのはなぜだろう。あの時は冷房が効くかどうかが心配だったのに、ここでは暖房がないため震え上がっているという差だろうか。確かに、寒さが気持を凍らせてしまっているということもないではない。あるいは、アンカラで会ったゲンチャイとの時間が、整理しきれないまま体の奥深いところに沈殿しているためだろうか。それもある。だが、恐らく、最大の理由は時間にあった。毎日が祭りのようだったあの香港の日々から長い時間がたち、私はいくつもの土地を経巡ることになった。その結果、何かを失うことになったのだ。

旅は人生に似ている。以前私がそんな言葉を眼にしたら、書いた人物を軽蔑《けいべつ》しただろう。少なくとも、これまでの私だったら、旅を人生になぞらえるような物言いには滑稽《こっけい》さしか感じなかったはずだ。しかし、いま、私もまた、旅は人生に似ているという気がしはじめている。たぶん、本当に旅は人生に似ているのだ。どちらも何かを失うことなしに前に進むことはできない……。

朝、空腹で眼が覚めた。腕時計を見ると八時を過ぎている。しかし、窓の外は意外に暗い。ベッドに入ったまましばらく眼をつぶっていたが、ついに我慢ができなくなってきた。

とにかく、ホテルの外に出て見ることにしよう。チェック・アウトの時間を確かめなかったが、食事をしてホテルを探すくらいの余裕はあるはずだ。

私は一階に降り、表に出てみて驚いた。バスや車が凄《すさ》まじい勢いで排気ガスを撒《ま》き散らしている表通りの斜め向こうに、六本の尖塔を持った巨大なモスクの姿があったからだ。スルタン・アーメット・ジャミイ、ブルー・モスクに違いなかった。このような近くにありながら、昨夜まったく気がつかなかったのが不思議なくらいだった。夜は闇に溶け切っているのか、あるいはホテル以外は眼に入らないほど私が疲れ切っていたのか。

広場を挟んだ左手にも巨大で力強い建物があるのが見えた。壁が赤みを帯びているところからすると、かつてギリシャ正教の総本山だったというアヤ・ソフィアなのであろう。これも眼に入らなかったとは。私は自分を怪しみながらその二つの巨大な建築物をしばし茫然と眺めた。

どちらも壮大だった。イランのモスクの鮮やかな色彩は欠いているが、建造物としての複雑さがあり、灰色のどんよりした空の下で独特の輝き方をしていた。

ホテルの前でしばらく眺めているうちに、自分でもびっくりするようなことに気がついた。もしかしたら、このホテルの通りに面した部屋ではブルー・モスクが真正面に見えるのではあるまいか。

ホテルに戻り、通りに面した部屋は空いているかと訊《たず》ねてみると、空いているという。鍵を借りて部屋を見せてもらうと、そこからはブルー・モスクばかりでなく、その向こうに海までが見えた。建物に遮《さえぎ》られて水平線は断片化されているが、海であることには違いない。このホテルには一晩だけで、今夜は他のホテルに移るつもりだった。しかし、これほど素晴らしい景色が見られる部屋は滅多にないはずだ。帳場に戻って訊《き》くと、料金は二十リラだという。ここにきてさらに五リラの増額は大きかったが、結局ブルー・モスクと海が見えるという魅力の方が勝った。私はさっそく荷物を移し、部屋を替わってから、あらためて食事に出た。

付近には安直な食堂が何軒かあって、私はガラス越しに料理の入った容器が見えている一軒に入った。ピーマンのピラフ詰めとオムレツ風の卵料理、それにパンと蜂蜜《はちみつ》とチャイというのが私の注文した朝食のメニューだった。

大いに満足して店の外に出た私は、いよいよイスタンブールの街を歩いてみることにした。

広い通りをブルー・モスクと反対の方角へぶらぶら歩いていくと、人が激しく行きかう広場に出た。その向こうには商店が密集した市場への通路がある。これがテヘランのバザールと並び称されるイスタンブールのグランド・バザールなのかもしれない。私は人の流れに従って中に入ってみることにした。

内部には細い通路が縦横に走っており、その両側に構えの小さな店が立ち並んでいた。暗いが眼はすぐ慣れた。特別な照明がされているわけではないが、天井の明かり取りから光が射《さ》してくるからだ。剝《む》き出しの土のままの通路には、買物客や冷やかしの客ばかりでなく、大きな荷物を肩や頭に乗せた男たちが苦しげな息づかいをしながら行きかっている。その上に降り注ぐ天井からの光は、バザール内に舞い上がる埃《ほこり》をきらきらと輝かせている。

皮革、生地《きじ》、金銀、宝石、骨董《こっとう》、雑貨と、売るものによってあるていど店は固まっている。しかし、目的もなくぼんやり歩いていると、何度も同じところに出てしまう。するとと、何かを探していると思うのか、店の前に立っている男から声を掛けられることになる。それが思ったほどしつこくないのは、こちらの懐《ふところ》具合を判断してのことなのだろうか。

店の数は多いが、一時間も廻っていると、特に何が欲しいという気持の薄い私のような旅人には飽きがきてしまう。

どこに通じるかはわからなかったが、見えてきた出口から外に出た。なだらかな坂道の両側にこれまたびっしりと衣服を売っている店が並んでいる。店員の声があちこちから乱れとび、グランド・バザールよりはるかに活気が感じられる。

そこを冷やかしながらさらに行くと、果物の露店が並んでいる一角に出た。ひとりの売り子がひとつの台を持ち、その円形の台の上に果物をきれいに積みあげている。嬉《うれ》しくなったのは、その中にミカンの台があったことだ。

私は「キロ五リラ」という札を掲げているミカンの台の前で足を止めた。売り子は五、六歳くらいの少年だった。いや、少年というにはあまりにも幼すぎて痛々しいが、立派に店番はつとめることができるらしい。私が人差し指を一本立てると、わかったというように首を振り、ミカンを紙袋に入れはじめた。ところが、それは外側に積み上げてある形や艶《つや》のいいものとは似ても似つかない代物《しろもの》ばかりである。どうやら外側に積んであるのは一種のオトリ商品らしい。私は思わず強い調子で声を出した。

「ノー！」

そして前に積み上げられている質のよさそうなミカンを取ろうとすると、今度は少年が声を上げた。

「＊＊＊＊！」

どうやら、駄目《だめ》だと言っているらしい。

「ノー？」

訊ねると、そうだという表情を浮かべる。それならいらない。私が手を振って歩きだすと、背後から少年の必死の声が追いすがってきた。

そこで引き返すと、少年はにっこり笑って、しかしまた紙袋には後ろに隠れた不器量なミカンを入れはじめる。どうしても私には選ばせてくれないつもりらしい。私も意地になり、それならいらない、と歩み去った。しかし、あんな幼い子供に真剣に腹を立てた自分がおかしくて、途中でひとり笑いしてしまった。それに、もしかしたら、あれはあの少年が私を異国人と見てやったことではなく、トルコではごく普通のことなのかもしれない。

私はもういちど引き返し、また人差し指を一本立てた。少年は別に気を悪くした風もなく、紙袋にまたミカンを入れはじめた。それがやはり形も色艶も悪いものであるのを見て、今度は声を上げて笑ってしまった。

「なかなか頑張《がんば》るじゃないか」

私が日本語で言うと、少年は意味がわかったかのように晴れやかに笑った。

その紙袋を抱え、さらに坂道を下ったり曲がったりしていくと、不意に魚介類を扱う店に出くわした。

店頭には、電灯の下でアジ、イワシ、サバなどの魚が濡《ぬ》れた鱗《うろこ》を輝かせているばかりでなく、エビやイカまでがあった。

見ていると、トルコ語で声が掛かる。そのまま歩き去ろうとすると、笑いを含んだ声で呼び止められる。何か冗談を言っているらしいが、こちらには意味がわからない。しかし、意味はわからないままに、気分が浮き立ってくる。

さらに歩いていくと、長い橋の架かった海に出る。これが有名なガラタ橋なのだろう。人が行きかい、車が行きかい、物売りが行きかっている。橋の下に食堂があり、海岸ぷちに屋台が出ている。

海の上の小舟では、小魚を焼いたものをそのまま食べさせたり、三枚におろしたものを油で揚げ、それをパンにはさんでサンドウィッチにして売っていたりする。

その匂《にお》いにつられてガラタ橋製のフィッシュ・フライ・サンドウィッチをひとつ買ってみる。五リラと安くはないが、久しぶりの素朴《そぼく》な魚料理に心が弾んでくる。

イスタンブールの暇人《ひまじん》にまじって、ガラタ橋の欄干にもたれながら魚の唐揚げサンドを食べていると、はるか遠くの国に来たはずなのに、アフガニスタンやイランを経て、また日本に近づいているような気がしてきた。ただ、海があるというだけで、ミカンを買ったというだけで、魚を食べたというだけで……。

いや、それだけではないものがこのイスタンブールにはあるのかもしれなかった。

8

その予感は当たっていた。

イスタンブールに着いて二日もたつと、一日の過ごし方にリズムができてきた。それは私に二、三の気に入りの場所ができたからでもあった。

朝遅く、ホテルの近くの食堂で簡単な食事をとる。ヨーグルトに蜂蜜つきのパンとチャイといった極めてシンプルなメニューだ。そのシンプルさは、栄養学的な見地からのものではなく、もちろんすべて経済的な事情からきている。これで四リラ、約八十円といったところであるからだ。

食事が終わってもしばらくはそこを動かず、テーブルで手紙を書いたり、観光案内所で貰《もら》った無料の地図を広げ、昨日うろついた界隈《かいわい》がなんという地名のところなのかを確かめたりする。そして昼近くになるとようやく腰を上げ、ブルー・モスクに向かうのだ。

モスク前の広場から境内への門をくぐり、メッカに向かって左側の出入り口から靴《くつ》を脱いで中に入る。ちょうど昼の礼拝が始まっており、前方に男、後方に女たちがひざまずいている。私も壁際《かべぎわ》の履物《はきもの》置場に靴を置き、古色蒼然《こしょくそうぜん》とした赤い絨毯《じゅうたん》に腰を下ろす。異教徒はほとんどいそうにないが、私がいることを誰も奇異には思わないらしい。そうして昼の礼拝が終わるまで、眼を閉じてコーランの朗唱に耳を傾ける。そのまま眠りに誘われることもあったし、さまざまな思いが溢《あふ》れるように駆け巡ることもあった。しかし、たいていは、不思議と気持が平静になっていき、意味のわからぬコーランの聖句の響きに心地よく身を任せることになるのだった。

朗唱が終わると、人々の立ち上がる気配がする。私も眼を開け、彼らと一緒に履物を手に出入り口へ向かう。

ブルー・モスクの境内を出ると、その日によって気ままに道を変え、ヨーロッパ側の鉄道の最後の駅であるシルケジ駅まで坂を下っていく。いわゆるオリエント・エクスプレスの終着駅だ。

さらに、そこから海沿いに少し歩くとエミノニュのフェリー乗り場に着く。イスタンブールに着いた最初の夜、私がアジア側からヨーロッパ側に渡ってくる際に乗ったのはこのフェリーである。

私は二リラを払い、二十分おきに出ているハレム行きのフェリーに乗る。そして舳《へ》先《さき》に据《す》えられたベンチに坐《すわ》り、少しずつ変化していく景色を楽しむ。

イスタンブールはボスポラス海峡によってアジア側とヨーロッパ側とに分けられているが、そのヨーロッパ側のイスタンブールも金角湾によって新市街と旧市街に分かれている。この新市街と旧市街を結ぶのがガラタ橋であり、アジア側とヨーロッパ側を結んでいるのがボスポラス橋である。

桟橋《さんばし》を離れたフェリーは、ガラタ橋を背に、新市街の高台に立つ高級ホテルの建物やボスポラス橋を左手に、ブルー・モスクやアヤ・ソフィアを右手の丘に見ながら、弧を描くようにしてハレムに向かう。このフェリーも香港のスター・フェリーと同じく、イスタンブールに住む人の重要な足になっているように見える。しかし、乗客の多さにもかかわらず、やはりスター・フェリーの上と同じく、そしてブルー・モスクの中と同じく、この喧噪《けんそう》の渦巻《うずま》くイスタンブールにあって珍しく静寂の支配する空間になっている。聞こえるのはコーランの朗唱替わりのエンジンの響きだけだ。

私は冷たい風に上着の襟《えり》を合わせる。そして、出前用の銀色の盆にのせてチャイを売りにきた男に一リラを払ってグラスを取る。日本にいる時は紅茶はプレーンでしか飲まなかったが、トルコでは砂糖の小さな塊《かたまり》を入れたチャイがおいしく感じられる。砂糖が入っても後味は意外にさっぱりしているのだ。

チャイを飲み終わる頃《ころ》、アジア側の丘に建つモスクの姿が大きく見えるようになり、やがて十五分ほどの航海は終わる。

だが、ハレムに着いても何をするというわけでもないのだ。私はフェリーを降りると、すぐに発着所の横に出ている露店の前に立つ。そこでは、ガムやアメやチョコレートといった菓子類やコカコーラのような清涼飲料水の他に、ドネル・カバブのサンドウィッチを売っている。ドネル・カバブとは、薄い羊の肉を鉄の芯《しん》に何重にも巻きつけ、幼児の胴はあろうかという太さの円筒形にしたものを、火のそばで回転させながら炙《あぶ》ったものだ。客に供する際は、細長い包丁でそぐように切っていき、小型のチリ取りのような容器に受けていく。そのサンドウィッチは、ずんぐりしたトルコ特有のパンの間に、キャベツやレタスなどの野菜を細かくちぎったものを敷き、そいだドネル・カバブをはさむのだ。私はこのドネル・カバブ・サンドが大好きだった。値段は二リラ五十クルシュ、約五十円だ。

私は紙に包まれたドネル・カバブ・サンドを手にすると、すぐに戻りのフェリーに乗る。船の中の売店でチャイを一杯もらい、舳先のベンチに坐ると、風に吹かれながら遅い昼食をとる。

やがて正面の丘にシュレイマニエ・モスクが見えてくる。初めての夜、闇《やみ》の中に微《かす》かに尖塔《せんとう》が浮かび上がっていたのは、スルタン・アーメット地区のブルー・モスクではなく、旧市街の中心に位置するこのシュレイマニエ・モスクだったのだ。

午後も三時近くになると、陽《ひ》はだいぶ傾き、旧市街は夕暮れの気配を濃くしてくる。暖房用の石炭の煙と車の排気ガスによって霞《かすみ》がたなびいているようにも見える。

ドネル・カバブ・サンドを食べ終え、チャイを飲み終える頃、再びヨーロッパ側のエミノニュに着く。フェリーの料金が二リラ、ドネル・カバブ・サンドとチャイが三リラ五十クルシュ、計五リラ五十クルシュである。

香港では、九龍と香港島を結ぶスター・フェリーでの十分足らずの航海を、「六十セントの豪華な航海」と呼ぶことにしていた。快い潮風に当たり、アイスクリームをなめながら、対岸の美しい景色に眼《め》をやる。そのアイスクリームが五十セント、フェリーの料金が十セントだったからだ。

とするなら、アジアとヨーロッパを行き来するこのフェリーでの十五分は、さしずめ「五リラ五十クルシュの優雅な航海」ということになるのかもしれなかった。

フェリーを下りた私は、しばらくガラタ橋の周辺をぶらついてから、旧市街の中心部に向かって坂を登っていく。主として日用品を扱っているエジプシャン・バザールという名の市場を流し、グランド・バザールを冷やかして、スルタン・アーメット地区とアクサライ地区とを結ぶイェニセリレ通りに出てくる。途中、喉《のど》の渇きを覚えると骨董《こっとう》屋に入る。しばらく店の親父《おやじ》と話しているうちに、誰がいつどのように注文するのか、必ずチャイ屋の少年がチャイの出前をしてくれることになるのだ。

そんなことをしていると街のあちこちに灯《ひ》が入りはじめる。疲れている時はいったんホテルに戻ることもあるが、たいていはそのままアクサライの安食堂で夜の食事をする。

イスタンブールは居心地のよい街だった。その理由のひとつには、食事に不自由しなかったことが挙げられるだろう。インドに入って以来、安食堂にこれほど豊かなメニューがある街はなかった。ドルマと呼ばれる詰め物料理を中心に、羊肉のハンバーグであるキョフテ、軽食にも本格的な料理にも用いられるドネル・カバブ、臓物の煮込みや炒《いた》め物、豆のスープに野菜サラダ……。羊肉とトマト味とオリーブ・オイルに特別のアレルギーがなければ、トルコ料理は安くて豊かで充実していた。

だが、居心地のよいもっと大きな理由は、イスタンブールの人々の、というより、トルコの人々の親切が挙げられるだろう。

夕食後のチャイハネでも、トルコの男たちに交じってテレビを見ていたり、どこかのテーブルで行われているカード・ゲームやバック・ギャモンを眺《なが》めていると、必ず誰かが声を掛けてきてくれる。そしてチャイを御馳走《ごちそう》してくれることになるのだ。それは居酒屋でも同じだった。モツの炒め物をツマミにビールを呑《の》んでいたりすると、同じテーブルの誰かが話し相手になってくれ、結局ビールを奢《おご》ってくれることになる。

トルコ人のその親切が、異邦の旅人すべてに対するものなのか、とりわけ私が日本人であったからなのかは判断がつかなかった。しかし、長い旅に疲れはじめていた身には、日々の小さな親切がありがたく沁《し》み入ってきた。チャイハネからホテルへの帰り道で、冷たい夜気に身震いしながら、体の奥に暖かいものを感じていることが少なくなかった。

だが、もちろん、その優しさに無防備に甘え切っていると、不意に横面《よこっつら》を張られるようなことも起きる。

旧市街を東西に貫いているイェニセリレ通りは、北に向かうとガラタ橋の架かっている金角湾に出るが、南に急な坂を下っていくと地中海に続くマルマラ海に出る。その斜面にできている、商店と住宅の入り混じった一帯は、朽ちかけたような古い建物が密集した、まさにオールド・タウンというにふさわしい地域だった。

ある日、そこを目的もなくうろついていると、靴みがきの少年たちが集団で仕事をしているところにぶつかった。坂道の日溜《ひだま》りに腰を下ろし、陽気にお喋《しゃべ》りをしながら手を動かしている。私が少し遠くから見ていると、それに気づいた彼らが盛んに自分たちをカメラで撮ってくれという。私はあまり気が進まなかったが、彼らの要望を入れ、バッグからカメラを取り出した。

撮り終わると、屈託なく笑ってポーズを取っていた年かさのひとりが、私の足元を指差し、靴を磨《みが》かせてくれないかというジェスチャーをした。私のブーツは履《は》きつぶされ、とうてい靴みがきを必要とするような代物ではなくなっている。私が笑いながら片足を突き出すと、その靴を見た少年たちも笑って了解してくれる。ところが、その中のもっとも小さい少年が、それでもいいから磨かせてくれとまとわりついてくる。

困惑しているところに、坂の上から巨大な黒い犬を散歩させている男が姿を現した。巨大な犬、と見えたものは、実は熊《くま》だった。まさか街中で熊を散歩させているなどということがあるとは思ってもいなかったので、熊を犬と見間違えてしまったのだ。

坂を下りてきた熊連れの男は、私の手にカメラがあるのを見ると、やはり撮れ撮れとすすめる。私は磨かせてくれとまとわりついてくる少年から逃げ出すためもあってカメラを構えた。すると、男は熊に命じて「チンチン」の姿勢を取らせた。私は喜んでシャッターを切った。三枚ほど撮り、礼を言ってその場を離れようとすると、男が急に顔つきを変えて私の前に立ち塞《ふさ》がった。そして、右手を突き出した。金を要求しているらしい。その時、初めて男の身なりが貧しく垢《あか》にまみれていること、目つきが異常に鋭いことに気がついた。私が無視して歩き去ろうとすると、熊の鎖を強く引っ張って唸《うな》り声を上げさせた。

「ウッ！」

その一声に私はビクッとした。間近で見る熊は巨大で、しかも獰猛《どうもう》そうだった。離れている時はわからなかったが、メヤニのこびりついている眼は鋭く、ヨダレの垂れている口はどんなものでも嚙《か》み砕けそうだった。私はそのとき初めて、熊がペットなどではなく、猛獣であることを思い知らされた。鎖につながれていたため、いかにもペットの散歩のように見えたが、これがこの男の商売だったのだ。その程度のことに思いが至らなかった私が迂闊《うかつ》だった。熊で脅迫されて金を払うのは悔しいが、これが彼の商売であるなら仕方がない。私はポケットから十リラ札を取り出し、男に渡そうとした。男はそれを一瞥《いちべつ》すると、軽く叩《たた》き落とした。そして、ポケットから紐《ひも》のついたカードのようなものを取り出すと、それを熊の首にかけた。カードには、消えそうな字で、

「フォト　一〇〇リラ」

とあった。

私が叩き落とされた十リラ札を拾い上げると、いつの間にか靴みがきの少年たちが遠巻きに集まっており、年かさのひとりが、熊の首にかけられたカードを指差し、男

に何かを言った。その顔つきからすると、男の行為を非難しているように見える。男がひとこと言い、少年がまたひとこと言い返した。すると、男は鋭く熊に向かって命令を発した。

「＊＊＊！」

熊はいきなり少年たちを目がけて突進した。少年たちは悲鳴を上げて逃げた。もちろん男は熊の鎖を持ったままだ。本当に襲いかからせるつもりはないのだろうが、巨大な熊が意外な俊敏さで突進していく様は間違いなく恐ろしいものだった。

男は熊を引き寄せ、私の前に立ち、手を差し出した。熊は無表情に私を見上げている。それがかえって不気味だった。

〈熊を使った恐喝《きょうかつ》というわけか……〉

しかし、私は男のその傲岸《ごうがん》な態度を見ているうちに、恐怖とは別に、体の奥深いところから闘志が湧《わ》いてくるのを覚えた。イスタンブールに着いて以来、その心地よさにぼんやりしているだけだったが、突然冷たい水を浴びせかけられてシャキっとしたようだった。

〈よおし、そっちがその気なら、こっちもやってやろうじゃないか……〉

私は男にそちらの言い分はわかったというように頷《うなず》いて、わかったからあと一枚だけ写真を撮らせてくれないか、と日本語で言った。人差し指を一本立てたことで意味はすぐに伝わったらしく、男は表情を和らげると、熊にまたポーズを取らせた。私は彼らから少し離れ、坂の上の方に位置を取り、ファインダーを覗《のぞ》くふりをしてから、男に熊と並ぶよう頼んだ。男はいそいそと熊と並び、胸を張り、肩を聳《そび》やかした。私はファインダーを覗いては、いかにもアングルがよくないというように位置を変え、時間稼《かせ》ぎをした。それを四、五度も繰り返すと、さすがに男も苛立《いらだ》ってきた。

その時である。坂のすぐ上の道から小型トラックが左折して進入してきた。運転手は熊が「チンチン」などをしているのに驚いて慌《あわ》ててブレーキを踏んだ。私はそれを待っていたのだ。トラックをよけるふりをして道の端に寄り、いきなり荷台と壁の間にできた細い隙間《すきま》を走り抜けた。男が私の意図に気がついた時にはすでに遅く、私は坂の上に駆け上がったあとだった。私は凄《すさ》まじい形相《ぎょうそう》でこちらを睨《にら》んでいる男に向かって手を振りながら日本語で言った。

「達者でな！」

すると、はるか後方で成り行きを心配していてくれたらしい靴みがきの少年たちのあいだから、歓声と口笛が聞こえてきた。私はいささか得意になり、男をもう少しからかってやろうと思ったが、トラックの横に熊の頭を突っ込ませているのを見て、慌てそこから走り去った。

イェニセリレ通りの人込みにまぎれ、ようやく危地を脱した私は嬉しくなった。そして思わず口に出して呟《つぶや》いてしまった。

「これでなくちゃ」

もっとも、それ以後はあの熊連れの男に出くわさないよう気をつけるようにはしていたが。

9

私の泊まっているホテルがブルー・モスクのすぐ前にあるということは、プディング・ショップやホテル・グンゴールのすぐ近くにあるということでもあった。

イスタンブールのプディング・ショップは、バック・パックひとつで旅を続けているヒッピーたちにとって、他に例を見ないほど有名な店だった。伝説的な店、といってもよかった。私も旅の途中で会った誰彼からさまざまな話を聞かされていた。

いわく、あそこに行けば何でも手に入る。いわく、あそこに寄ればどんな情報も手に入る。いわく、あそこで待っていれば誰にでも会える……。

中には、プディング・ショップでハシシを売りつけてくる男の話に乗ってはいけない、それは私服の警察官の罠《わな》だから、というものさえあった。他の町にもヒッピーたちの口の端《は》にのぼる店はいくつかあったが、このイスタンブールのプディング・ショップほどの頻度《ひんど》で語られる店はなかった。

現実のプディング・ショップは、間口もさほど広くない平凡な食堂に過ぎない。別に特製のプディングがあるというわけでもなく、とびきりおいしい西洋料理が出てくるというわけでもない。にもかかわらずヒッピーたちが引きも切らず集まってくるのは、彼らの目的が食事ではなく情報にあるからだった。プディング・ショップに行きさえすれば、これからの旅に必要な情報の多くが手に入れられると信じられたからだ。

それにはイスタンブールの地理的な条件が大きくものを言っていた。ヨーロッパからアジアに向かう者も、アジアからヨーロッパに向かう者も、陸路をとる限り必ずこのイスタンブールを通過することになる。つまりイスタンブールはユーラシアを旅する者にとっての交差点になるというわけなのだ。だが、プディング・ショップの盛況は、単にそれだけが理由ではなかった。

プディング・ショップの壁には葉書をひとまわり小さくしたようなカードが無数に貼《は》られている。そのカードには、雑多な筆跡でありとあらゆることが書き記されてい

る。車やカメラを売りたいというのもあれば、シュラフやバック・パックを買いたいというのもある。アジアへ向かう車の同乗者を探しているものもあれば、ヨーロッパへのバスの乗客を募っているものもある。尋ね人もあれば、職を求むというものもある。ヒッピーたちが集まってくるのは、そのカードに引かれてのことなのである。

店の壁を掲示板とするというアイデアが、いつ、どのように生まれたのかは不明だが、その掲示板を有料とすることでプディング・ショップの経営者が一財産つくったというのは確かな話のようだった。

だが、その有名なプディング・ショップに、私はいちど行っただけでほとんど出入りしなかった。ヒッピーたちが屯《たむろ》するその雰囲気《ふんいき》が余り好きになれなかったことと、値段のわりに料理がおいしくなかったからだ。

プディング・ショップには行かなかったが、その隣に並んでいるホテル・グンゴールには何度か足を踏み入れたことがあった。

グンゴールには、ヨーロッパの各地を旅したあと、これからインドや東南アジアを経て帰ろうという日本の若者たちが何人か滞在していた。グループではなく、ひとり、またひとりと集まるうちに親しくなったということのようだった。多くは学生で、夏休みだけの旅行のつもりが、いつの間にかこんなに長くなってしまったというような、無頓着《むとんちゃく》で陽気な連中ばかりだった。

彼らとは二日目の夜に会っていた。自分の泊まっているホテルの値段がどれくらいの水準なのか、グンゴールの値段をいちおう聞いておこうと訪れた際に、ロビーで雑談している彼らと言葉を交わすことになったのだ。それ以来、アクサライで夜の食事をした帰りなどに、私の泊まっているホテルの前を通り過ぎ、少し足を延ばしてグンゴールのロビーを覗《のぞ》いてみるようになった。すると、たいていは雑談に興じている彼らの姿があった。

話の輪に加わると、彼らは自分が通過してきた国々でのささやかな武勇伝を喋り、私は彼らに求められるままに東南アジアやインドについて語ることになった。彼らの武勇伝には、ミラノの地下鉄のただ乗りの仕方といったみみっちいものから、ユーレイルパスの半永久的な使用法などという犯罪まがいのものや、トラベラーズ・チェックの二重の使い方といったこれは犯罪そのものといったものまで、実にさまざまのものがあった。

ある雨の降る冷たい夜、夕食後にグンゴールに寄ると、四人がロビーの椅子《いす》に坐《すわ》っていた。

この日はどういう風の吹きまわしか、イスタンブールの話をしていた。座をさらっていたのはハマムと呼ばれる本格的なトルコ風呂《ぶろ》に入ってきた若者の経験談だった。彼は、プロレスラーのような大男に垢をこすられる様を、かなりの誇張を交えておもしろおかしく演じていた。

それが一段落すると、別の若者から、新市街にあるゲイ・バーでの武勇伝や、トプカプ宮殿やアヤ・ソフィアについての感想などが語られた。

私はトルコ風呂やゲイ・バーはもとより、アヤ・ソフィアや考古学博物館やトプカプ宮殿にすら行ったことがなかった。うっかり口を滑らすと、全員が驚いた。

「これで一生見られないかもしれないのに、どうして」

真面目《まじめ》そうなひとりに質問された。私は一生見られないとは思わなかったが、実際どうして行かないのかと訊《たず》ねられると確たる答えはなかった。強《し》いてあげれば入場料がもったいなかったというくらいだろうか。私が観光名所の中でただひとつ行ったことがあるブルー・モスクは入場無料だった。

しかし、よく考えてみれば、いくら入場料がもったいないといっても、せいぜいが五、六リラのことに過ぎない。夜の食事の皿をひとつ少なくすれば済むことだったのだ。

私は翌日イスタンブールの観光名所巡りを敢行した。まず、アヤ・ソフィアへ行き、次にトプカプ宮殿を訪れた。

トプカプ宮殿では、入場料とは別料金を取られたが、いちおうハレムの内部にも入ってみた。

ハレムには、鉄格子の入った女たちの居室とは別に、食堂、風呂、マッサージ室、ダンス室、寝室などが完備している。もちろん、トイレもあるが、これは現在もトルコの民家で使われているものとほとんど変わらない。つまり、往時もトイレだけは大して貴賤《きせん》の区別がなかったということなのかもしれない。

宝物館では、ばかでかいエメラルドやダイヤモンドも見た。内に深い頽廃《たいはい》を抱えたような陶磁器の大作も見た。

しかし、それらのすべてが、なるほどこれが「宝物」というものか、という以上の感慨を抱かせてくれるものではなかった。

私が唯一《ゆいいつ》心を動かされたのは、考古学博物館にあったアレクサンダーの柩《ひつぎ》だった。これが本当にアレクサンダーの柩であるとの証明はされていないという。しかし私には、厚い大理石で作られたその柩の中にはアレクサンダーの遺骸《いがい》が入っていたのではないかと感じられてならなかった。なぜなら、戦闘と狩猟のシーンをレリーフに持ったその柩には、単に高貴な人物を葬《ほうむ》るというだけでなく、恐らくは災厄《さいやく》そのものの存在であったろうアレクサンダーのような人物を、二度とこの世に出現させないために重い蓋《ふた》で閉じ込めてしまおう、という密《ひそ》かなる意志が籠《こ》められているように思えたからだ。別の部屋にはアレクサンダー像というのがあったが、そのリアリティーのなさに比べて、柩には圧倒的な存在感があった。

しかし、やはり私には街が面白かった。街での人間の営みが面白かった。

例えば、日曜のガラタ橋でのことだ。

橋の上には平日と同じように人が溢《あふ》れているが、急ぎ足で歩き去って行く人ばかりでなく、そぞろ歩きを楽しんでいたり、欄干から身を乗り出すようにして釣り糸を垂らしていたり、それを眺《なが》めていたりする人も少なくなかった。けっこう釣れるらしく、足元のバケツには小魚が何匹も入っている。

そんな日曜のガラタ橋を旧市街のエミノニュから新市街のカラキョイに向かって歩いていくと、橋の中ほどで人だかりがしている。私も物見高く後ろから覗《のぞ》き込んだ。

そこではオーソドックスなデンスケ賭《と》博《ばく》が開帳されている。台の上に裏返しにされたカードが三枚並べられている。男がその中の一枚を表にすると、スペードのエースが出てくる。それをまた裏返しにして、何回かカードを動かし、さあどこにあるか当てくれということになる。

男の正面にはカモとして誘い込まれたらしい中年の男性が立っている。

私が見はじめた時にはまだカモに餌《えさ》をまいている段階だったらしい。カードの動かし方に癖がなく、どれがスペードのエースか誰でも見破ることができる。カモは十リラ、二十リラと儲《もう》けていく。頃《ころ》はいいと判断したのだろう、男は言葉巧みにカモの賭《か》け金を上げさせようとする。カモはそれに乗り、一挙に五十リラを失う。熱くなってきたカモは百リラを台に置く。

ああ、可哀《かわい》そうに。そう思いながら見ていると、男が入念に仕掛けた罠《わな》にはまり、カモは左の端にエースがあると指差す。これで百リラ失うことになる。

ところが、男はいつまでたってもカモが指差したカードをオープンしない。どうやら、当たってしまったらしいのだ。これは面白いことになった。

カモが居丈高《いたけだか》に開けろと迫るが、どうしても男は開けようとしない。どう収拾するのだろう。カモはますます声を荒らげて怒鳴りまくる。そして、カモがそのカードに手を掛けようとした瞬間、それまで周りで見ていた客のうちの二人が、カモの腕を取ると人垣《ひとがき》の外に連れ出した。そして、さらに、客のふりをしていた四人の男たちが他の客たちを追い払いはじめた。実にサクラが六人もいたのだ。当てててしまったカモが、腕を取られながら大声でわめくので、通行人が何事かと寄ってくる。すると、サクラの男がひとりずつそうした客に「いいから、いいから、あっちにいってな」という調子であしらう。

カモがまだ騒いでいると、体格の大きい男が突き飛ばすように追い払った。カモは先に出した百リラも取り上げられ、悪態をつきながら離れていく。

同じデンスケ賭博でもかなり荒っぽいが、見物人にはこの上なく面白い。私は少し離れたところからカモが引っ掛かり、金を巻き上げられ、追い払われる様子を眺めつづけた。人の流れが激しいこの橋の上では、引っ掛かるカモにはこと欠かない。釣り人が釣り上げる魚より、こちらのカモの方がはるかに頻繁《ひんぱん》に掛かっているようだった。カモに金を賭けさせ、外れればいいが、当たっても、カードを開けないまま追い払うという荒っぽい手口は変わらない。しかし、こんな手口で警察に訴えられはしないのだろうか。心配になりかけた頃、その七人組は、手早く台を片付けると、素知らぬ顔をして新市街の方へ立ち去っていった。

それとは別のある日。いつものようにブルー・モスクの昼の礼拝に付き合って出てくると、年齢不詳のトルコの男が日本語で話しかけてきた。

「コンニチハ」

日本語で話しかけてくる男は、物を売りつけようとするか、どこかに誘おうとするかどちらかのことが多かった。

私が無視して歩いていくと、男はまた言った。

「ニホンノカタデスカ」

「……………」

「カンコウデスカ」

なおも知らんぷりして歩きつづけていると、私の速足に合わせながら、憤然とした調子で男が言った。

「ドウシテ、アナタハ、ソンナニ、ハナモチデスカ」

「ハナモチデスカ？」

私が足を止めて訊き返すと、男は同じ言葉を繰り返した。

「ドウシテ、アナタハ、ソンナニ、ハナモチデスカ」

どうやら、彼はハナモチナラナイと言いたいらしい。どうしてあなたはそんなに鼻持ちならないのですか、と。それに気がつき、私は大笑いをした。ずいぶん難しい言葉を使いたがる男だが、さすがにハナモチナラナイという言葉は覚え切れなかったとみえる。

「ハナモチデスカ？」

私がそう言って笑うと、事情がわからないまま男も一緒に笑い出した。

それ以来、彼が遠くにいたりすると、私から呼びかけるようになった。

「へーイ、ハナモチー」

すると、ハナモチ氏はニコニコしながら歩み寄ってくる。彼からはブルー・モスク前のベンチで何度となくトルコ語を教えてもらうことになった。

私は人々の営みの中で、イスタンブールでの日々を大いに楽しんでいた……。


その日の朝、私は珍しくプディング・ショップに立ち寄った。目的はやはり食事ではなく壁の張り紙だった。

実を言えば、私もそこに掲示したいことが出てきたのだ。「カメラ売ります」と。

ここ数日、乏しくなった懐《ふところ》具合をいくらかでも補うためにカメラを売ろうかと真剣に考えるようになった。もともとカメラはそのつもりで持ってきていたし、売るとすればこのイスタンブールが最後の土地であるように思えた。

プディング・ショップで簡単な朝食をとると、私は張り紙に眼《め》を通しはじめた。その中には、最初に訪れた際に見た覚えのあるものもあれば、新たに張られたらしいものもある。私はカメラを売ろうとしている人のカードを探した。

何枚かあったが、値段はどれも意外なほど安く設定されている。これでは手放すわけにはいかないかもしれないな。そんなことを考えながら、カメラに関するもの以外のカードにも、一枚、一枚眼を通しているうちに、ふと、ある張り紙に眼を引きつけられた。

張り紙は「同乗者求む」という何の変哲もないものだった。目的地はアムステルダム。車種はベンツ。料金はガソリン代の分担とプラス三十ドルだという。値段は決して安くなかった。私が驚いたのは、その最後に、到着は五日後の予定と書いてあったことだ。アムステルダムまで行けば、ロンドンまではすぐだ。フェリーで一日だろう。ということは、六日間でロンドンまで行ってしまうことになる。もし私がそのベンツに乗り込めば、一週間後にはロンドンの中央郵便局で電報を打ち、日本に帰ることができるのだ。もちろん、実際に帰るためには飛行機のチケットを手に入れなくてはならないし、金が足りるかどうかも疑問だが、論理的には一週間後には日本に帰ることができるのだ。

私はそのことにショックを受けた。もちろん、私がその車に同乗することは考えられなかった。少なくとも、ギリシャには寄ってみたいと思っていたからだ。だが、逆に言えば、ギリシャに行ってしまえば、もう一週間後には日本に帰れるということになる。アテネからロンドンに一気に行くことだって考えられないことではないのだ。

　旅の終わりが不意に現実的なものになってきた。そのことにまったく用意のできていなかった私はうろたえてしまった。


　プディング・ショップでしばらくぼんやりしていた私は、店を出ると、いつものようにブルー・モスクの昼の礼拝につき合ってからエミノニュの桟橋《さんばし》に向かった。いつものようにフェリーに乗り、いつものように舳《へ》先《さき》にあるベンチに坐《すわ》った。ハレムの丘にモスクが見える。その向こうには私が辿《たど》ってきたアジア側の道があるはずだった。世界地図を思い浮かべると、信じられないくらい長い道程だったような気がしてくる。しかし、いま遠ざかりつつあるエミノニュの向こうには、まだ同じくらいの距離が残されているのだ。

　久しぶりに、本当に久しぶりに、「前へ進もうか」という言葉が口を衝《つ》いて出た。「旅を続けよう」と。このままイスタンブールにいると、ふらふらとああした車に乗り込んでしまいかねない。まだ、旅は終われない。なぜなら、私の心の底で旅の終わりを深く納得するものがないからだ。

とにかくギリシャまで行こう。あとのことはそれから考えればいい。

ハレムからエミノニュへのフェリーに折り返しで乗った時には、私はほとんど今日にもギリシャに向かうつもりになっていた。

だが、実はそのギリシャへどう行ったらいいかがわからない。キプロス領有の紛争があり、トルコとギリシャの関係はかなり悪い。鉄道のルートは開かれているが、バスとなるとまったくわからない。国境がふさがれているということはないはずだが、さほどスムーズとも思えない。

そこで、フェリーを降りた私は、その足でトプカプ・ガラジに行って確かめることにした。

いくつかのバス会社で聞いたところを総合すると、乗合いバスでトルコとギリシャの国境を越えることは不可能だということだった。ケシャンから国境の町イプサラまでは何とか行けるが、そのあとはバスの便はないという。私はそれを知って、体内で気力の水位がゆっくりと高まっていくのを感じた。単純に言えば、ファイトが湧《わ》いてきたのだ。

とりあえず明日のケシャン行きのバスが午前十一時にあることを確かめた私は、ギリシャに向けての出発の準備をすることにした。銀行でギリシャのドラクマを少し用意し、次にグランド・バザールの近くの露店で厚手のセーターを買った。毛糸は太いがそれにもかかわらず編み目は密で、褪《あ》せた黒の風合《ふうあ》いが心をそそった。なにより暖かそうなのがよかった。露店の親父《おやじ》が四十五リラというのを、半分以下の二十リラ、約四百円にまけさせて買った。

これで用意はいちおう整ったことになる。

しかし、夕方、ホテルの部屋に戻ってザックに荷物を詰めながら、私はどうしようかと迷っていた。

〈彼女に電話をしようか……〉

アンカラで別れる際、ゲンチャイから一枚の紙を貰《もら》っていた。そこにはある女性のアドレスと電話番号が記されていた。

「イスタンブールに行って困ったことがあったらこのお嬢さんに連絡しなさい。私のお弟子さんです。きっとあなたの力になってくれるでしょう」

もちろん、とゲンチャイは言った。

「困ったことが起こらなくても、連絡していいのよ」

そして、さらにいたずらっぽく笑いながら付け加えた。

「でも、気をつけてね。とても美しい人だから」

何に気をつけろと言うのだろう。しかし、ゲンチャイは、笑いながら「ビー・ケアフル」と繰り返した。

私はイスタンブールに着いて以来、その紙に記されたアドレスを眺めては、どうしようかと迷っていたのだ。今日はしなかったが、明日こそは電話をしてみようか……。しかし、街で美しい女性とすれ違うたびにあのひとがゲンチャイのお弟子さんだったのではあるまいかと心をときめかせたりしながら、ついにこの日まで電話をしなかった。それは多分、私がゲンチャイの「気をつけてね」という言葉の呪縛《じゅばく》にかかってしまったためと思えた。

明日ギリシャに向かうのなら、今夜しか会うチャンスはない。いや、会ったあげく、出発を延ばしたくなるかもしれない。ゲンチャイのように美しい人が、とても美しい、というのだ。その可能性は大いにある。

〈どうしたものだろう……〉

しかし、私はついに連絡を取らなかった。そして、私は自分をこう慰《なぐさ》めていた。心を残しておけばいつかまたここに来られるかもしれないのだから、と。

第十四章　客人志願　ギリシャ

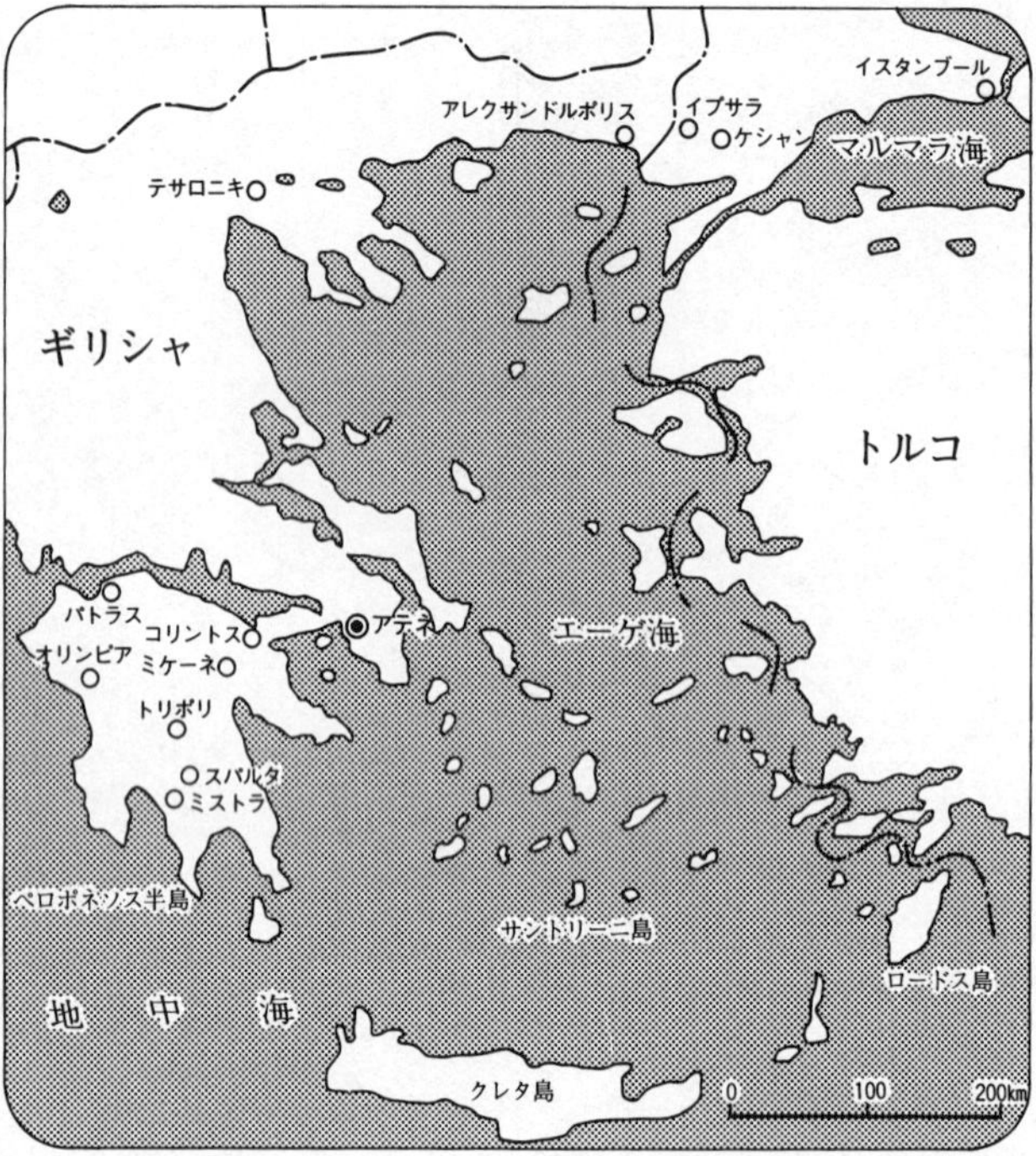

イスタンブール
アレクサンドルポリス
イプサラ
ケシャン
マルマラ海
テサロニキ
ギリシャ
トルコ
パトラス
コリントス
アテネ
エーゲ海
オリンピア
ミケーネ
トリポリ
スパルタ
ミストラ
ペロポネソス半島
サントリーニ島
ロードス島
地　中　海
クレタ島
0
100
200km

1

朝、いつもの安食堂で食事をとった。メニューもいつもと同じヨーグルトにパンに蜂蜜《はちみつ》にチャイというものだったが、この日はそれに加えて羊肉とナスと青唐辛子《とうがらし》とトマトの煮込み料理タシ・カバブを注文した。これまでの経験から、いったん移動を始めるといつどのような食事がとれるかわからなかったからだ。

私がタシ・カバブを余分に注文すると、親父《おやじ》はどうしたんだというような表情をしてこちらを見た。今日イスタンブールを発《た》つことにしたのだ。私が説明すると、親父は心なしか皿への盛りを多くしてくれたようだった。

充実した朝食をとった私は大いに満足してホテルに戻り、依然としてドミトリーに滞在しているキリスト髭《ひげ》の若者の部屋を覗《のぞ》いてみた。この宿に泊まることができたのも彼のお陰だった。ここが、どこへ行くのにも便利な場所にあったというばかりでなく、部屋からブルー・モスクが見えるという、これ以上は望めない絶好のロケーションにある部屋に滞在できたのだ。その感謝の念は常に抱いていたが、あらたまって彼に礼を言う機会がなかった。それ以後も何度か顔は合わせていたが、彼は何かに急き《せ》立てられるようにして歩き廻《まわ》っており、ほとんど言葉を交わすこともなくすれ違っていた。だから、もし彼が部屋にいれば礼がわりに別れの挨拶《あいさつ》をして行きたかったのだが、どこかへ出かけたらしく姿が見えなかった。彼は何をあのように歩き廻っているのだろう。私は、彼のベッドの隣に寝ている男に、よろしく言っておいてくれと頼んで、部屋を出た。

ザックを取りに部屋に戻ると、窓の向こうにブルー・モスクが見えた。

〈それでは、これにて〉

私は声を出さずに、いささか芝居めかした調子でブルー・モスクに挨拶した。

宿代の精算は昨夜のうちに済ませていた。一階に降り、宿の親父に声を掛けると、ホテルの近くの停留所から満員の市内バスでトプカプ・ガラジに向かった。

雨は降っていなかったが、からりと晴れ上がるという天気でもなかった。トプカプ・ガラジの駐車場は昨日までのぐずついた天気で泥濘《ぬかる》んでおり、長距離バスが目的地に向かって走り出ていくたびに盛大に泥《どろ》を跳ね上げていた。

私は、リンゴ売りの男からリンゴをひとつと、スミット売りの少年からゴマつきパンのスミットをひとつ買い、十一時三十分発のケシャン行きのバスに乗り込んだ。


イスタンブールの市街地を抜けたバスは、やがて地中海沿いの道を走ることになる。海辺に出ると、しだいに雲が少なくなり、青空が広がってくる。天気が回復するにつれて、海面が輝いて見えるようになる。ぼんやり窓の外を眺《なが》めていると、辺《あた》りの風景に不思議な懐《なつ》かしさが感じられてくる。なぜだろうと考えて、それが海辺の土地にゆったりとした間隔で建っている家の佇《たたず》まいにあることに気がついた。赤い瓦《かわら》の屋根に白い漆喰《しっくい》の壁。それはほとんど沖縄の家屋を思わせるものだった。屋根の角度が鋭角的ではなく、傾斜が緩《ゆる》やかなところもよく似ている。

私はバスの外の風景を眺めつづけた。

途中、昼食のためにいちど停車したが、予定通り午後四時にはケシャンに着いた。

だが、ケシャンに着いたものの、国境の町イプサラへはどれくらいの時間が必要なのか、そのイプサラから国境へはどんな交通手段があるのか、さらに国境はどのような方法で渡ることができるのか、誰に訊《たず》ねても要領を得ない。わかったことといえば、とにかくそこに停《と》まっているミニバスに乗ればイプサラまでは行かれるということだけだった。日のあるうちに国境を越えられるかどうかもわからなかった。夜中の国境越えにはどんな危険が伴うかわからない。しかし、私はそのミニバスに乗ってイプサラに向かうことに迷いはなかった。今日はこのケシャンに留《とど》まり、情報を充分に集めたあとで、余裕を持って明日出発する。そういう考え方もあっただろうが、私は採る気にならなかった。なんとかなる、とりあえず行ってしまおう、と当然のように思った。

それはこれまでどのような局面でも切り抜けてこられたという自信が支えている判断でもあったろう。しかし、一方で、私は自分の深いところで腐りかけているものがあるのを感じていた。

旅は私に二つのものを与えてくれたような気がする。ひとつは、自分はどのような状況でも生き抜いていけるのだという自信であり、もうひとつは、それとは裏腹の、危険に対する鈍感さのようなものである。だが、それは結局コインの表と裏のようなものだったかもしれない。「自信」が「鈍感さ」を生んだのだ。私は自分の命に対して次第に無関心になりつつあるのを感じていた。

私は何時にイプサラに着くのかも知らないままに、五リラを払ってそのミニバスに乗った。意外にも、三十分ほどでイプサラに着いた。そして、それも想像外のことだったが、ミニバスが停まったのはただの原っぱだった。辺りに何があるわけでもなく、タクシーが二台停まっているだけだ。

降りた乗客はあちらこちらに散っていく。三人連れの客が一台のタクシーで走り去ると、あとに残されたのは、帰りの時間待ちをしているミニバスを除けば、私と一台のタクシーだけになった。

国境というのはいったいどちらの方角になるのだろう。私が戸惑っていると、タクシーの運転手が車を降りて近づいてきた。

「＊＊＊？」

何か話しかけてくれているのだが、私には彼の喋《しゃべ》るトルコ語がさっぱりわからない。

そこで逆にこちらから訊ねてみた。

「イプサラ？」

ここがイプサラなのか、と訊ねたのだ。

「エヴェト」

そうだ、と運転手は言う。

「私は、行きたい、グリースへ」

ジェスチャーを交えてゆっくり英語で言ってみたが、運転手にはグリースがわからないらしい。トルコ語では何と言っただろう。

「グリース、グリーク、グレーセ、グレコ……」

ええ、もう仕方がない。私はなかばやけになって日本語で言ってみた。

「ギリシャ！」

「＊＊＊？」

どうやら、わかってくれたらしい。私が勢い込んで頷《うなず》くと、運転手は気の毒そうに首を振って言った。その様子から判断すると、ギリシャまでは乗せていけないんだよ、という意味のことを言っているように見える。私は運転手が誤解しているらしいことに気がついた。別にタクシーでギリシャに乗りたいわけではなく、国境までの道順を教えてほしいだけなのだ。タクシーでギリシャに入る必要はない。私が行きたいのは国境までなのだ。そう言いたいのだが、国境というトルコ語がわからない。どう説明したらいいのだろう……。

その時、イランからトルコに入る際に貰《もら》ったパスポートのスタンプに、国境事務所という文字が入っていたのを思い出した。私はパスポートを取り出し、アララット山の麓《ふもと》で押してもらったスタンプのある頁《ページ》を開き、「HUDUT KAPISI」と記されているところを指差した。

するとと、運転手は大きく頷いて、こう言ったものだ。

「ボーダー」

それを知っているなら早く言ってくれよな。私が日本語でぼやいていると、さあ乗れ、というように運転手が車を指差した。

いや、歩いて行くからいいんだ。そう言いかけて、タクシーに乗ってもいいかな、と思い直した。確かにイスタンブールでは倹約のためタクシーに乗る贅沢《ぜいたく》を自分に許さなかった。しかし、ポケットには使い残しのトルコの金がまだ三十リラある。たぶん、このトルコ・リラもまた国境を越えたら意味を持たなくなる通貨だろう。だとすれば、使い切っておいた方がいいということになる。

わかった、乗ろう。私は運転手のあとに従い、車に乗り込んだ。運転手がエンジン・キーを廻し、今まさに走りだそうとした瞬間、大事なことを聞き忘れていることに気がついた。国境までの料金を聞いていなかったのだ。

「ネ・カダール？」

トルコ語でいくらか訊ねると、運転手もトルコ語で答えた。私も一から十までの数ならなんとかわかるが、どうやら運転手が言っているのはそれ以上の金額らしい。わからない。私はそう言いながら、ザックのポケットからメモ用紙とボールペンを取り出し、ここに金額を書いてくれという仕草をした。運転手はそこに二十五と書き込んだ。

「パハル！」

高い、と私は叫ぶように言った。その言葉はイスタンブールのハナモチ氏に教えてもらって以来、ほとんど私の口癖のようになっていたが、実際その二十五リラは高いと思えた。イスタンブールからケシャンまでのバス代と、ケシャンからイプサラまでのミニバス代とを合わせた額と同じだというのだ。

「パハル！」

もういちど言ったが、運転手は動じる気配もない。さて、どうしたものだろう。私はこの交渉に関する両者のバランス・シートを冷静に比較してみることにした。

私には国境までの道がわからないというハンデがある。それに、たとえ道がわかったとしても、すでに日が暮れかかっていて歩くのはかなり厄介《やっかい》だ。一方、運転手にとっては私しか客がいないという絶対的にマイナスの条件がある。多少安く値切られても乗せた方がいいに決まっている。要するに、この交渉はどちらもまとめた方がいいのだが、私には最悪の場合、まだ停車しているミニバスでケシャンまで戻るという手が残されている。そこまで考え、私はいささか強気になってメモ用紙に書きつけた。
《10》
すると、運転手は憤然としてボールペンを奪い、激しい勢いで書きつけた。
《20》
すかさず、私も書き換えた。
《15》
しかし、運転手は頑《がん》としてそれ以上の値引きはしなかった。私も諦《あきら》めることにした。たぶん、これが相場なのだろう。ケシャンに引き返せば、往復のミニバス代や宿泊代が余分にかかるだけでなく、半日以上の時間が無駄《むだ》になるのだ。別に金が無いわけではない。私は運転手に二十リラで合意した旨《むね》を伝えるため、メモ用紙に記された二十という数字にマルをつけようとした。ところが、実際にボールペンを手にした私がしたことといえば、二十のところに力いっぱいバツをつけ、こう書くことだった。
《17》
イスラム圏に入って以来、なかば習性と化してしまったかのような値切り癖が、つい出てしまったようだった。その行為には自分でも驚いたが、だからといって撤回するわけにもいかない。私はふたたび十七リラで突っ張りはじめた。しかし、運転手はこちらが折れてきたと見て取ったらしく、余裕しゃくしゃくで首を振るだけだ。その上、これ見よがしにエンジン・キーを切ってしまった。私にはそれがカチンときた。

それならもういい。私は車を降りると、時間待ちをしているミニバスのところに歩み寄った。そして、運転手に、ボーダー、ボーダーと連呼して方角を訊ね、あっちだと聞くと、たいへんだからタクシーで行けと忠告してくれているらしい運転手を振り切り、国境に向かって歩きだした。

通りに出てしばらくすると、道の両側にはもう家はなく、雑木林が延々と続くようになる。果たしてこれからどのくらい歩かなければならないのだろうと不安になりかかった時、背後からゆっくり車が近づいてくるのに気がついた。振り向くと、さっきのタクシーだった。運転手は私と眼《め》が合うと負けたよというように大きく口を歪《ゆが》め、片手で乗れという合図をして停車した。

私が十七リラでいいのだなと確かめると、仕方がないだろというようにまた口を歪めた。

二十分後にタクシーが停まったのは、プレハブのような平屋の小さな建物の前だった。

運転手が振り向いて言った。

「ここだ」

たぶん、そう言ったのだろう。しかし、ここが本当に国境事務所なのだろうか。イランとトルコの国境とはひどい違いだ。あそこには、人ばかりでなく何十、何百の大型トレーラーが通過待ちしていたが、ここには乗用車が一台駐車しているだけだ。それでもよく見ると英語で「イミグレーション」の表示がある。

運転手に金を払う段になって、私は二十リラ渡すことにした。一度は二十で手を打とうと決めたのだ。それに、ここまで歩こうとしていたら、はるか手前で日が暮れてしまっていただろう。運転手が折れてくれていなければどんな危険に巻き込まれたかわからない。三リラのチップはその感謝の意味も含んでいた。

本来は、ザックという荷物もあり、このような辺鄙《へんぴ》なところまで乗せてきたのだから、三リラくらいのチップは当然のことだっただろうが、運転手は少し前までのやり取りからそんなに素直にチップを出すとは思わなかったらしく、上機嫌《じょうきげん》で「サンキュー」と言い残して走り去った。

中に入っていくと、係官のいるカウンターの前には三人ほどの旅行者が並んでいて、通関の手続きを受けていた。彼らが出ていき、事務所前の空地に駐車してあった車で出発すると、この国境事務所に旅行者は私しかいなくなった。

出国に必要な書類を提出し、出国のスタンプを押してもらい、係官に「オーケー」と言われながら、私はそこから出ていかなかった。一瞬、これから自分がどうしたらいいかわからなかったのだ。

「次にどうしたらいい」

我ながらどうしてこんな馬鹿《ばか》なことを訊ねているのだろうと思いながら口にすると、係官が笑いながら言った。

「ギリシャに行くんだろ?」

「そうだ」

「あそこに橋がある」

指差された方に眼をやると、なるほど窓越しに長い橋が架かっているのが見えた。タクシーに乗っている時にはなぜか気がつかなかった。

私が頷くと彼が言った。

「あの橋を歩いていけばいい」

「すると?」

「そこがギリシャだ」

「それから？」

「それはギリシャで訊《き》いてくれ」

係官はそう言うとまた笑った。

私はザックを背負い、国境事務所を出た。日は急速に暮れはじめている。西の空にはまだ光が残っているが、東の空はすでに濃い藍色《あいいろ》に変わってきている。急いだ方がいいだろう。私は橋のたもとに立ち、大きく息をついた。

その橋は、幅はさほどでもなかったがかなりの長さがあり、中央に検問所のようなものがある。

「さあ、行くか」

私は自分を励ますかのように声を出し、ザックを揺すり上げ、トルコとギリシャの国境に架かっている橋を渡りはじめた。

橋の上には私以外の人影はなかった。

夕闇《ゆうやみ》の中をひとつの国からもうひとつの国に行くため橋を渡っている。逆にいえば、その長い橋を渡るとひとつの国からもうひとつの国に入っているということでもある。そのようなことがありうるというのは、周囲を海で囲まれた国で育った私には、やはりどこか信じ切れないところのあるものだった。しかし、いま歩いているこの橋を渡り切れば、私は間違いなくトルコからギリシャに入っているのだ。

ようやく橋の真ん中に辿《たど》り着くと、小さな番屋風の検問所にいたトルコの国境警備兵がパスポートの提示を求め、出国のスタンプを確認してから遮断機《しゃだんき》を上げてくれた。

「グッドバイ」

私の言葉に、赤い頰《ほお》をした少年のような兵士は片手を挙げ、明るい笑顔で応《こた》えてくれた。

そこを通過すると、すぐ向こうにまた同じような造りの検問所があり、別の制服を着た男が同じように遮断機を上げてくれた。たぶんそれがギリシャ軍の制服だったのだろう。

「サンキュー」

通り過ぎる際にそう言うと、トルコ兵よりいくらか年を食っていると思われるギリシャ兵は、しかし同じように気持のいい笑顔を返してくれた。

そこを通過した私はめでたくギリシャ領に入ったということのようだった。

しばらく歩いて、ふと気がついた。橋に色が塗られている。白と青。もしかしたらこれはギリシャの国旗の色ではなかったか。振り向いてみると、トルコ側にも塗られており、それは国旗と同じ白と赤だった。

トルコからギリシャに入るということは、まさに白と赤に塗り分けられた橋から白と青に塗り分けられた橋に入るということであったのだ。まったく、これほどはっきりした国境もない。それに気がついて、私は小さく声に出して笑った。しかし、その笑い声は強まってきた風にかき消され、それがまた日暮れ時の寂しさを増していくようだった。

依然として、長い橋の上を歩いているのは私ひとりしかいない。風はますます強く冷たくなってくる。それが橋の横から吹きつけてくる。私はジーンズのポケットに手を突っ込み、背中のザックを思い切り揺すりあげた。

なおも下を向いて歩いていると、後ろから来た車が追い抜いていった。しばらくして、その車にヘッドライトがついていたことに気がつき、私はさらに足を速めた。

2

ギリシャ側の国境事務所での通関手続きも極めて簡単なものだったが、すべてを済ませて入国のスタンプを押してもらった時には、窓の外はすっかり暗くなっていた。

ここにも旅行者の姿はない。

イスタンブールでは、国境までの行き方が曖昧《あいまい》だったくらいだから、ギリシャに入ってから先のことなどまったくわからなかった。大方の意見は、向こうに行けば行ったでどうにかなるだろうということだった。しかし、実際ここに来てわかったことは、どうにもならない、ということだった。国境事務所の前にバスかタクシーでも停《と》まっているかと思っていたが、そんなものはどこにも見当たらない。

私はギリシャの係官の前でトルコの国境事務所で口にしたことを同じように繰り返した。

「これからどうしたらいい」

「どこへ行きたいんだ」

いずれアテネに行くとしても、途中のどこかで一、二泊はしなければならないだろう。私は日本から二枚持ってきた地図のうち、ようやく役に立つことになった『世界分図　ヨーロッパ』という大きな地図を広げ、国境から最も近いところに記されている町の名前を口にした。

「アレクサンドルポリス」

私が言うと、小柄《こがら》ながら胸板の厚そうな体つきの係官が言った。

「残念だが、バスがない」

それでは仕方がない。いくら地図が大きいからといっても、日本製のものに載っているくらいだから、アレクサンドルポリスというのもかなりの規模の町なのだろう。国境の近くには外国の地図などには載っていないような小さな町があるはずだ。とりあえず、その国境の町で一泊することにしよう。

「この近くに町は？」

私が訊《たず》ねると、逆に係官が訊き返してきた。

「フェーレか？」

ギリシャ側の国境の町はフェーレというらしい。

「そのフェーレへはどう行ったらいい？」

「残念だが、バスがない」

「他には……」

「残念だが、明日の朝までバスはまったくないんだ」

バスがないのは彼の責任ではなかったが、係官はアイム・ソリーを三回繰り返した。

「フェーレまで歩いて行けないか」

私が喰《く》い下がると、係官は哀れむように首を振った。

さて、どうしたものだろう。外は真っ暗になり、気温も下がってきているようだ。

いくら寝袋があるといっても野宿をするわけにはいかない。

困惑していると、係官が言った。

「明日の朝まで待つつもりなら、ここで寝ればいい」

「構わないのか？」

私が訊ねると、係官は道化た調子で答えた。

「どうせそこは君たち旅行者のスペースだ」

冬はともかく、夏などはここで夜を明かす貧乏旅行者が結構いるのかもしれなかった。ここには一晩中あなたがいるのか。私が訊ねると、それが心細げに響いたのだろう、係官が眼の端に笑いを滲《にじ》ませながら言った。

「いや、途中で交替するが、誰かはいる」

とすれば、暖房は絶やさないだろう。それならコンクリートの上でもどうにか夜を過ごすことができる。

しかし、ここで一夜明かすとなると、問題は食料だ。この建物の周囲には、売店とか食堂とかいった類《たぐ》いの店は見当たらない。持っていたリンゴはバスの中で食べてしまっており、あとはトプカプ・ガラジで買ったスミットひとつしか残っていなかった。昼を簡単に済ませてしまったため、スミットひとつで明日の朝まで持ちこたえなくてはならないのは辛《つら》かった。

しばらく係官とトルコや日本の話などをして時間をつぶしていたが、そのうちに疲れてきた。私は寝袋を取り出し、コンクリートにじかに敷いてそこに腰を下ろした。時計を見ても、まだ六時半を過ぎたばかりのところだ。バスが来るという明日の朝まで、長い夜になりそうだった。私は読み終わった本をイスタンブールで出会った日本人にすべてあげてしまったことを悔やんだ。中には、再読に耐えられる本もないことはなかったのだ。

そこに、白人の若者グループが入ってきた。トルコ方面から一台の車に乗ってやって来たらしい。二人の女性を含めて七人いたが、全員が不思議なくらい物静かだった。

入国の手続きをしながら、係官がその中のリーダー風のひとりに訊ねた。

「これからどこへ行く」

「アテネ」

「ダイレクトに？」

「できればそうしたい」

「そうか」

係官は頷《うなず》くと、私を指差しこう付け加えた。

「できたら、あそこにいる日本人を途中まで乗せていってくれないか」

白人の若者たちが私を見た。

「残念だけど、満員なんだ」

リーダー風の金髪の若者が言うと、係官は粘り強い調子で言った。

「なんとかならないか。明日の朝までバスがないんだ」

あるいは、それを断ると通関の手続きが面倒になると思ったのかもしれない。リーダー風の若者がもうひとりと小声で相談しはじめた。それは英語でもなく、ドイツ語でもなく、フランス語でもなく、スペイン語でもなかった。よくはわからないが北欧のどこかの言葉のようだった。

結論は簡単に出たらしい。リーダー風の若者が私に向かって言った。

「オーケー」

私はいやいや乗せてもらうより、腹を空かせながらでも国境事務所で明朝まで過ごした方がいいような気がしたが、せっかくの係官の好意を無駄《むだ》にしたくなかった。

「ありがとう」

私は若者たちに礼を言い、次に係官に対して同じ言葉を繰り返した。

車は中型のバンだった。リーダー風の若者が運転席に坐《すわ》り、さっきの相談相手がナビゲーターを務めるらしく助手席に坐った。その後ろに二列のシートが向かい合い、そこに三人と二人が坐った。私が坐るよう促されたのは、進行方向を背にして二人が坐っているシートだった。

男性の全員が私と同じかそれ以上の体格をしている。二人と三人では互い違いに足を伸ばすことで無理なく坐れていたものが、私が入ったことで身動きが取れなくなってしまった。足が伸ばせないばかりか、少しでも動かすと誰かの足にぶつかってしまう。しかし、そうであるにもかかわらず、私に対して非難がましい態度を取るようなメンバーはひとりもいなかった。

メンバー、といっても、全員が知り合いということではなさそうだった。隣り合った二人が小声で話すことはあっても、全員がひとつの話題に加わってくるということはなかった。

それはひとつには疲労が原因していたのかもしれない。すでに相当な距離を走ってきたらしく、疲労は深そうだった。

「どこまで行く？」

運転席の若者が訊ねてきた。

「どこでも……ホテルがありさえすれば」

「それではアレクサンドルポリスまででいいかな」

「もちろん、ありがたい」

彼らは私を黙って受け入れてくれたが、気詰まりであることに変わりはなかった。これならやはり国境事務所の方がよかったかな、と悔やむ気持が起こりかけたが、それではあの係官にもこの若者たちにも申し訳なさすぎる。私はこれをホテルまでのリムジン・バスだと思うことにした。

外は真っ暗なため、どこをどう走っているかわからない。しだいに空腹感が募《つの》ってくる。しかし、食堂に寄る気配はない。

私の向かいに坐っている若者が、膝《ひざ》の上にのせていた小さなバッグから、ビスケットの包みを取り出した。そして、まず私に勧め、一枚もらうと、さらに車の中の全員に勧めてから、ようやく自分も食べはじめた。見ていると、それ以後も、それぞれがそれぞれの携帯食料を食べる時は、必ずみんなに食べる人はいませんかと訊ねてから口にした。それは煙草《たばこ》を喫《す》う場合も同じだった。喫ってもいいかと了解を求めてから煙草に火をつける。

なるほどこれが車に同乗する場合のマナーなのか、とひとつ教えてもらったような気がした。私は勧められる一方で気が引けたが、スミットひとつではみんなに勧めようがなく、バッグの中に入れたまま食べるチャンスを失っていた。

「そろそろアレクサンドルポリスだ」

運転席の若者が言った。腹の虫が騒ぎはじめた矢先だったのでホッとした。ところが、走っている道沿いにホテルがない。運転席の若者は、手頃《てごろ》なホテルがあったらそこで降ろそうと思っていたようだったが、見つけられないまま町の外れに出てしまった。一瞬、戻ろうかとも考えたようだった。しかし、すぐに決断したらしく、私にこう言った。

「テサロニキまで行かないか」

「こちらは構わないが……」

「あそこなら簡単にホテルが見つかる」

テサロニキがアテネについでギリシャ第二の都市だということは知っていた。ちょうど地理的にも国境とアテネとの中間に位置するはずだ。いずれアテネに行くつもりだった私にとっては、むしろありがたい申し出だった。

車はそのまま走りつづけ、ようやく午前一時にテサロニキの市内に入った。ホテルの看板はすぐ見つかった。しかしそれは、高級というのではなかったが安宿といった雰囲気《ふんいき》でもなかった。その前で車を停めた運転席の若者は少し心配そうに訊ねた。

「あそこでいいかな」

「なんとか金は持っている」

私が言うと、車内に小さな笑いが生まれた。

車を降り、後ろから荷物を出していると、同乗していた全員が降りてきた。さすがに七時間近くも狭いところに押し込まれて苦しかったのだろう。外に出ると嬉《うれ》しそうに伸びをした。

私がガソリン代を払おうとすると、運転席の若者は別に金のことは心配しなくてもいいのだと言う。二度、三度、言葉を変えて払いたいという意志を伝えたが、彼はついに受け取ろうとしなかった。私は不意に彼らがわからなくなってきた。私は彼らのことを、単にガソリン代を倹約するためにイスタンブールあたりでグループを組んできた一行だとばかり思っていた。だが、そう言われてみると、運転席の若者にも、その他の若者にも、宗教的なものに近い静謐《せいひつ》さが感じられる。あるいは、このように夜通し走りつづけるのも、宿泊費の倹約という以上の目的があるのだろうか。そもそも彼らはどのようなグループなのだろう。

私が戸惑いながらもザックを背負うと、運転席の若者が同乗者に声を掛けた。

「さあ、行こう」

彼らはひとりひとり私に握手をすると車に乗り込み、夜の闇に消えていった。

私は手を振って見送りながら、一気にテサロニキまで来てしまったことが信じられないでいた。体がまだ揺れているということもあっただろうが、夢の中の出来事のように現実感がないのだ。

ホテルに入っていき、フロントで訊ねると、部屋は空いているとのことだった。値段はシングルで九十八ドラクマだという。いざという時のためにと、イスタンブールの銀行でほんの少しギリシャのドラクマを手に入れてあった。その時の交換比率では、ドラクマは約十円に相当した。九十八ドラクマということは、千円近い金額だ。テサロニキのホテルの相場からいって高いのか安いのかわからなかったが、とにかくインドに入って以来そんな高い宿に泊まったことはなかった。だが、いずれにしてもこれから他のホテルを探す気力はなかった。

鍵《かぎ》を貰《もら》い、部屋に入ると、靴《くつ》を脱いだだけで、顔も洗わず、歯も磨《みが》かず、そのままベッドに横になると、一瞬のうちに眠り込んでしまった。

翌朝は思いのほか早く眼《め》が覚めた。

テサロニキが仮りにギリシャ第二の都市だとしても、ここに長居をする理由はなかった。とにかくアテネに行くことだ。私はフロントでバスのターミナルの場所を訊ね、昼近くにアテネ行きのバスがあるはずだということを聞いて、ホテルを出た。

一歩、表に出た私は、思わず嘆声を上げそうになった。昨日までと世界が一変していたからだ。着いた時は深夜だったためわからなかったが、ホテルの前は広い通りで、そこには朝日に照らされて石造りの端正なたたずまいのビルディングが立ち並んでいた。テサロニキは都会だった。それも正真正銘のヨーロッパの都会だった。

その感を深めたのは、大通りの歩道に、コートを着て急ぎ足で会社に向かう人の流れがあったことだった。これまで私が通過してきた都市ではほとんどこうした通勤の人の流れを見ることがなかった。

久しぶりに朝の通勤風景を見て、ほんのちょっとだけ胸が痛んだ。テヘランで公衆電話のボックスを見た時と同じく、テサロニキの通勤の人波は、私に都会を感じさせ、だから自分が生活の場からどれだけ遠く離れてしまったかを感じさせることになった。

その波に逆らうようにして歩いて行くと、簡易な屋台風のサンドウィッチ屋があった。何人もの男たちが立ち止まり、忙しげに食べている。

そこで売られていたのは、早朝だというのにかなり重量感のあるもので、羊の肉を焼き、厚手のクレープ風パンで巻いたものだった。おまけにビールまである。男たちはそのギリシャ風サンドウィッチを食べながらビールを呑《の》んでいる。それを見て、私は急に腹が減ってきた。考えてみれば、昨日の昼からほとんど何も食べていなかったのだ。

屋台は若い女と幼い少年の二人が切り盛りしていた。顔立がよく似ているところをみると母子なのだろうが、姉弟といってもよいくらい母親は若々しい。二人はものも言わずきびきびと立ち働いている。それを見ていると、こちらまで気持が引き締まってくるようだった。

私はテサロニキの男たちに混じって店の前に立つと、そのサンドウィッチを指差し、ビールも貰った。腹が空いていたからというだけでなく、その暖かい肉とパンは実においしかった。私はたちまち平らげ、もういちどサンドウィッチとビールを注文した。するとは少年は、びっくりしたなもう、というような表情を浮かべて笑った。

それで三十五ドラクマ、約三百五十円。質量とも文句はなかったが、トルコよりいくらか物価が高くなっているようにも感じられる。これからは、ロンドンに近づくにつれて物価の高さに悩まされることになるのだろう。

おいしいサンドウィッチと二杯のビールで元気になった私は、テサロニキの街を散歩したくなってきた。広い交差点に出ると、どこからか潮の香りが流れてきた。その時、テサロニキが港町だったということを思い出した。

潮の香りに誘われて歩いていくと、海岸に沿って走っている広い通りに出た。そこからは小さな湾となっている港の全体が見渡せた。

港は冬の朝の弱い陽光に照らされ、ほのかな朱色に染まっている。停泊している船も、かすかに波立っている海も、淡い陽光を受け、いままさに輝きはじめようとしているところだった。私は歩道にザックを下ろし、しばらくその美しい朝の港の風景を眺《なが》めた。

アテネ行きのバスは十一時半にテサロニキのバス・ターミナルを出発した。料金は二百六十ドラクマ、約二千六百円である。所要時間は八時間だという。アンカラからイスタンブールまでがやはり八時間。それで三十五リラ、約七百円だったのに比べると、三、四倍の料金ということになる。地図で見ると、テサロニキ＝アテネ間の方がいくらか長いし、アンカラ＝イスタンブール間は高級バスの半値だったという事情も加味しなくてはならないだろうが、今までのような感覚で旅をするわけにはいかなくなったことだけは確かなようだ。このことでもまた、自分がヨーロッパに入ったことを思い知らされた。

途中でやはり昼食のための休憩があった。

そこが何という名の町だかわからなかったが、広場の横に停車すると、運転手から一時間ほど休憩するというアナウンスがあった。もちろんギリシャ語だったので、私にはわからない。横に坐っていた男性に、腕時計を突き出し、車内に戻ってくるべき時間を指でさしてもらったのだ。

朝食をしっかり食べたことでもあり、バス代の高さに軽いショックを受けていたこともあって、私は昼食代を倹約することにした。乗客が近くの食堂で食べているあいだ、昨日のスミットをかじりながら街をぶらついた。広場を突っ切り、反対側にいくと、地元の人専用といった雰囲気のチャイハネがある。もっとも、ギリシャではチャイハネとはいわず、カフェニオンというらしい。

表に出ている小さなテーブルに陣取った老人が二人でこちらを見ている。

三十メートルくらいまで接近した時、何の気なしに笑顔で挨拶《あいさつ》すると、こっちへ来いと手招きされた。私は近づき、何でしょうか、といった表情をしてみた。すると老人たちは、まあ若いのお坐りなさい、というような身振りをしてテーブルの前の椅子《いす》を指差した。私はその勧めに素直に従った。テーブルにはコーヒーではなく、透明な液体の入ったグラスが置かれている。これはもしかしたらギリシャの地酒ウゾーではないのだろうか。

「ウゾー？」

私が訊ねると、老人たちは首を振る。

「ウーゾ？」

私が発音を変えて繰り返すと、老人たちはまた首を振り、ウェイターにグラスを持ってこさせて私に勧めてくれた。ひとくち呑んでみると、松脂《まつやに》くさい不思議な味がする。ウゾーも松脂を入れた酒ではなかっただろうか。

「ウゾー！」

やっぱりウゾーじゃないですか。私が言うと、老人は二人で声を合わせて言った。

「レチーナ！」

どうやらウゾーとは違う飲み物らしい。

私がもう一口呑むと、小皿に盛ってあったオリーブの実をすすめてくれた。オリーブの実をツマミに酒を呑む。いかにも日本の居酒屋の風情《ふぜい》に似ていた。

話すことはほとんどないのだが、互いにニコニコしながら呑んでいるうちにバスの出発時間が近づいてきた。早く切り上げようと思うのだが、老人たちがなかなか離してくれない。ようやく礼を言い、走って戻った時には出発予定時間をオーバーしていた。バスは待っていてくれたが、私が最後の乗客だったらしく、席に着くと同時に出発した。

バスが走り出し、窓ガラス越しに暖かな陽光を浴びているうちに、ウゾー、ではなくレチーナの酔いが廻《まわ》ってきたらしい。眠くなってきた。

酔った眼に、ギリシャの海沿いの風景が夢の中のシーンのように映る。海にはうねりがなく、海面はほとんど動かない。道路沿いの家々は、屋根が赤く壁は白い。これでどこがトルコと違うのだろう。ギリシャとトルコの諍《いさか》いなど、異国の者にとってはほとんど親戚《しんせき》同士の争いのようにしか思えないのではあるまいか。

そんなことを考えながら眺めていると、ひとつ、トルコと違うものがあるのに気がついた。もちろん、トルコにおけるモスクの尖塔《せんとう》が、ギリシャでは教会のドームに変わっているという差異はあった。だが、それ以外にも、街道沿いの風景に決定的な違いがあったのだ。

街道沿いに、ポツンポツンと小さな祠《ほこら》のようなものが立っている。五、六十センチ四方のものから、大きくてもせいぜい一メートル四方くらいまでの、家の形をした祠だ。

通り過ぎるたびに覗《のぞ》くと、内部にはイエスやマリアの写真や絵が貼《は》られており、ローソクに灯《あか》りがともされているものもある。

あれは何なのだろう。私は隣に坐っていたギリシャ人の中年男性に訊ねてみることにした。通り過ぎる拍子に指をさし、あれは何なのか、という表情をする。最初は私が何をしているのかわからなかったようだったが、三度目に理解してくれた。

「エクリーサキ」

「エクリーサキ？」

私が鸚鵡《おうむ》返しに訊ねると、その中年男性は両手をパーンとはじいてみせた。どうやら交通事故で犠牲になった人を祭ってあるものらしい。日本で言えば、地蔵を祭る祠のようなものなのだろう。これだけ犠牲者がいるということは、この国のドライバーもかなり運転は荒いということなのかもしれなかった。

テサロニキから乗ったバスは午後七時半にアテネのバス・ターミナルに到着した。ターミナルからは市内バスに乗ってオモニア広場へ行った。これもまた、安宿はオモニア周辺にあるというヒッピーたちの話を聞いていたからに過ぎない。

乗客が降りるところで降り、なんとなくついていくと大きなロータリーになった広場に出た。度肝《どぎも》を抜かれたのは、そこで大群衆が騒いでいることだった。彼らは新聞を手に、演台で演説している人に向かって反応している。眺めていたかったが、まず宿を見つけることの方が先決だった。

周辺を歩き、何軒かの安そうなホテルで値段を訊ね、およその相場を把握《はあく》すると、その中の最も小ぎれいで言い値の安いホテルに戻った。部屋はテサロニキのホテルより落ちるが、七十ドラクマ、七百円なのだから文句は言えなかった。

荷物を置くと、フロントで簡単なアテネの地図を貰い、食事をするため外に出た。

アテネの臍《へそ》とも言われるシンタグマ広場まで歩いて行くと、ここでも群衆が騒いでいる。どうしたというのだろう。近くにいた学生風の若者に訊ねて、近く選挙が行われるということまではわかったが、この熱狂が何に由来するのかまではわからなかった。ギリシャに大きな変動が起こっているらしい。ここ一年近く、世の中の動きから眼を離していたため状況がわからない。これまでは政治状況などほとんど気にもならなかったのに、ふと、妙な疎外《そがい》感のようなものを覚えた。

アテネを訪れた人は必ず足を運ぶといわれる有名なプラカ地区を歩いた。ここは昼夜を分かたず人で溢《あふ》れていると聞かされていた。とりわけ夜になると、タベルナと呼ばれる食堂からは串焼《くしや》き料理スブラキの香ばしい匂《にお》いが漂い出し、クラブからはギリシャ音楽ブズキのエキゾチックなメロディーが流れてくる、と。

ところが、その夜のプラカ地区は閑散としていた。時折、クラブ風のレストランの前に立っている男に呼び止められたが、そぞろ歩きをしている人などほとんど見かけない。シーズン・オフの観光地のように静まり返っている。プラカ地区はタベルナでさえ私には高そうに見え、結局一時間ほどうろついたあとでオモニアに戻って安食堂を見つけることにした。

ここはと思われる一軒に入り、トルコでもそうしてきたように調理場で料理を見せてもらい、最もおいしそうに見えた挽《ひ》き肉とナスとチーズの重ね焼きを注文し、それにサラダとパンを食べてホテルに帰ってきた。

それで何の不都合もないはずなのに、自分が何となく物足りなく感じていることが不思議だった。これまでと何かが違っている。具体的に何がどう違っているのかは明《めい》瞭《りょう》ではないが、違っているという感じは眠りにつくまで消えなかった。

3

翌日から私は、新しい都市に着いた時にはいつもそうしてきたように、目的を定めず街を歩きはじめた。

土産物屋が軒を連ねている昼間のプラカ地区も歩いたし、アテナス通りにある生鮮食料品市場で果物を買ったりもした。アテネで最も標高の高いリカビトスの丘にも登ったし、広大な国立庭園のベンチでひと休みもした。だが、ここはという場所が見つからない。気に入りの場所、拠《よ》りどころになるような場所が見つからない。いくら歩いても、私にとってアテネはいつまでものっぺらぼうの街のままだった。

あるいはそれは、最初にアクロポリスの丘に登ってしまったのがいけなかったのかもしれない。私がアテネの街を歩く前にとりあえずアクロポリスに登っておこうとしたのは、そこからアテネの市内を眺め渡し、土地鑑《かん》を養っておこうと思ったからだ。

オモニア広場から、車で混雑したスタディウ通りを経てシンタグマ広場を抜け、さらに国立庭園を左手に見ながら広いレフォロス・アマリアス通りを歩いていくと、今度は右手の丘の上にパルテノン神殿が姿を現してくる。小学生の時から何度となく社会科の教科書でお目に掛ってきた神殿は、青い空の下で大理石の列柱を白く輝かせている。ディオニソス・アレオパギト通りに入り、右にカーブしながら緩やかな坂を登っていくと、木々の間からアクロポリスの丘に続く階段が見えてくる。そこを登り切り、一息ついたところでさらに丘を廻り込むようにして上がっていくと、入場券の売場に出る。

一般三十ドラクマ、学生五ドラクマとある。それにしてもすごい差だ。私はいよいよインドで作ってもらった贋《にせ》学生証の出番がきたと喜んだ。

ところが、窓口で学生証を出すと、ガラスの奥にいた男はちらっと一瞥《いちべつ》しただけで突き返してきた。私は学生証をしげしげと眺め、素直にそれをポケットにしまうと三十ドラクマ払った。さすがの私も、ただゴム印が押してあるだけのこの学生証で喧嘩《けんか》をするわけにはいかなかったのだ。

門をくぐり、階段を登り、ようやく丘の上に出る。

その瞬間、パルテノンの神殿が一気に視野に広がってきた。想像していたよりはるかに巨大であることに驚かされる。だが、さらに驚かされるのは、その周辺に巨大な大理石がゴロゴロしていることだ。私には、漠然《ばくぜん》とだが、何もない台地にパルテノン神殿だけがすっくと立っている、というイメージがあったようなのだ。しかし、現実のパルテノン神殿の周囲には、巨石だけでなく、いくつもの建造物の遺跡があった。

すでに日は高くなっているのに観光客の数が少ない。やはり冬場はギリシャでもシーズン・オフなのだろうか。

私がパルテノン神殿の前で、ドリス式の円柱に支えられた梁《はり》の部分の彫刻を見上げていると、背後から声を掛けられた。

「素晴らしいわね」

振り返ると、白人の老夫婦が立っている。

「素晴らしいわ」

銀髪の老夫人が繰り返した。一瞬、感動を強要されているような押しつけがましさを感じたが、私はとりあえず、ええ、と答えておいた。

そこから離れようとすると、また老夫人に声を掛けられた。

「写真を撮ってくれない？」

私は、もちろん、と言い、カメラを受け取った。老夫人は御主人を促して神殿の階段を登り、三段目のところでこちらを向いた。私は、カメラを構えながら、こうした観光客に出会うのは久しぶりだなと思っていた。

階段から降りてきた老夫人にカメラを返すと、私に訊ねてきた。

「あなたはカメラを持ってないの？」

「いえ、持ってますけど」

「それならシャッターを押してあげるわ」

私には別に記念写真は必要なかった。

「結構です……」

私が言うと、遠慮していると思ったらしい老夫人は、早く渡しなさいというように手を出した。私はバッグからカメラを取り出し、老夫人に渡した。

お節介で親切なところをみるとアメリカ人のようだった。私はやはり三段目の階段に立ってカメラに向かいながら、このような観光客に出会うのが久しぶりなら、こうした観光地で自分の写真を撮ってもらうのも本当に久しぶりだと思っていた。最後に撮ってもらったのは確かシンガポールではなかったろうか。

撮り終わると、私は礼を言ってカメラを受け取り、彼らから離れて、パルテノン神殿の周囲をぶらぶらしはじめた。

このアクロポリスの丘は本当の意味の廃墟《はいきょ》ではなかった。注意深く荒らしたままにしてあるという気配が色濃く漂っている。パルテノン神殿はどの角度から見ても間違いなく美しかったが、その姿は、信仰の地として生きるでもなく、廃墟として徹底的に死に切るわけでもなく、ただ観光地として無様《ぶざま》に生き永らえていることを恥じているようでもあった。

パルテノン神殿をひと廻りして戻り、あらためて周囲を見まわすと、門の横の巨石のあいだに白衣を着た老人が坐《すわ》っていた。商売で写真を撮っているらしく、眼の前に三脚を立てたカメラが据えられている。この誰もがカメラを持っている時代に、記念写真を撮ってもらおうという人がいるのだろうか。不思議に思ったが、やはり商売は暇そうで、近くに寄ってくるのは客ではなく猫《ねこ》ばかりだった。老人は昼食の余り物らしい餌《えさ》を猫たちにやっていた。

私はその様子が面白く、カメラを向けると、それに気がついた老人は急に緊張して居ずまいを正した。撮るのが商売でも、撮られることには慣れていないらしい。

「ここで暮らしているのかしら」

近づいてきたさっきの老夫人が話しかけてきた。まさか、と答えかけて、彼女の視線が猫の動きを追っていることに気づき、慌《あわ》てて、たぶん、と言い直した。たぶん、このアクロポリスの丘をねぐらとする野良《のら》猫なのだろう。

「かわいそうね」

老夫人が言った。どうしてですか、と私は訊ねた。

「餌もないでしょうし」

そうかもしれない。

「汚くなるし」

それはそうだろう。

「私たちが旅行している間、うちの猫は泊まっているの」

「……………？」

「ホテルで」

「ホテルで？」

私がびっくりしたような声を上げると、老夫人は笑いながら言った。

「ペットのよ」

それなら、ここで野良猫として暮らしている方がどれだけ幸せかわからない。そう思ったが口には出さなかった。

パルテノン神殿の猫たちは、老写真屋に餌をもらうと、円柱の前のよく陽《ひ》の当たる階段の上で、気持よさそうに日向《ひなた》ぼっこをしはじめた。

アクロポリスの丘で生きていたのは野良猫だけだった。

それ以後、アテネのどこを歩いても、なんとなく気持が乗らなくなってしまった。観光地としてのアテネがアテネのすべてではないはずなのに、どこを歩いてもアクロポリスの丘と同じ乾いた死臭が漂っているような気がしてならないのだ。

何かが足らない。

だから、その何かを求めて、アテネの外港として有名なピレウスにも行ってみた。ピレウスは地下鉄でオモニア広場から二十分ほどで着く。私は、坂の多いピレウスの街を、エーゲ海クルーズの旅行代理店が軒を連ねる通りを歩いたり、無数のヨットが係留されている内海のような小さな湾のほとりで休憩したり、高級なシーフード・レストランの前に貼《は》られているメニューを読んだり、テサロニキにもあった屋台のサンドウィッチを食べたりして、うろつき廻った。

夕方になり、風が冷たくなったので帰ろうと思ったが、坂を何度も登ったり下ったりしているうちに地下鉄の駅へ戻る道がわからなくなってしまった。

誰かに訊《き》こうと待ち構えていると、そこにジーンズをはいた男性がやって来た。学生とは思えないが、なんとなく英語が通じそうな雰囲気《ふんいき》をしていた。

「すみません」

私が言うと、笑って立ち止まった。

「地下鉄の駅はどこですか」

私が言うと、その男性は私の顔を覗き込むように見て言った。

「ニホンジン？」

外国人特有の日本語だった。まずかったなと思いながら、

「ええ」

と答えると、彼は嬉《うれ》しそうに言った。

「コーベ、シミズ、ヨコハマ！」

元船員だという彼は、七年前に日本へ行ったことがあるのだという。その時の航海で神戸と清水と横浜に寄港したらしい。七年前だったらまだ横浜の学校に通っていたと私がいうと、彼は喜び、カフェでコーヒーでも飲まないかと誘った。別に彼が私を呼び止めたわけではなく、どこかに連れ込んだり、何かを売りつけようという魂胆がありそうには見えなかった。それに、私には帰りを急がなくてはならない理由などありはしない。私がその申し出に応じると、彼は近くの洒落《しゃれ》たカフェに案内してくれた。

ウェイターが注文を取りにきて、私がコーヒーをと頼むと、彼がネスカフェかと訊く。私は笑って、いや、と答えた。

ギリシャでは、コーヒー豆の滓《かす》がカップの下にドロリと残るギリシャ・コーヒーはコーヒーと呼ばれるが、欧米風のサラリとしたコーヒーはなぜかネスカフェと呼ばれているのだ。値段にも差があり、ギリシャ・コーヒーが四ドラクマならネスカフェは七ドラクマはする。私はもちろん、ギリシャに入って以来ギリシャ・コーヒーしか飲

まなかったが、慣れると泥臭《どろくさ》いエスプレッソのようでなかなかおいしく、あえて高いネスカフェを飲む必要はなかった。

ウェイターが引き下がると、彼が言った。

「イセザキチョー、ユー・ノー？」

もちろん、と私は言った。

「イセザキチョー、ワンナイト、スリー・ハンドレッド、オーケー」

彼はそう言うと嬉しそうに笑った。私にはそれが宿についての話なのか女の話なのか判断がつきかねた。だいいち、一晩三百というその三百の単位がわからない。円にしては安すぎるし、ドルにしては高すぎる。しかし、私は、そうか、それはよかった、と相槌《あいづち》を打った。日本は素晴らしかったと盛んに言う彼が、突然、歌うように言った。

「イタムワタシ、イタムココロ……」

「………？」

「イタムワタシ、イタムココロ……」

痛む私、痛む心、と言っているらしい。日本人の誰かが、彼に言ったのだろう。誰が、どんな局面で使ったのだろう。痛む私、痛む心……。だが、それを口にしたのには特別の意味がないらしく、すぐに日本で買ってきたラジオ・カセットを今でも大切に使っている、という話になっていった。

他愛《たわい》もないことを喋《しゃべ》りながら、頭の片隅《かたすみ》では、彼と知り合ったことを契機としてギリシャでの何かが始まるのかな、と考えないでもなかった。

三十分も話をしていただろうか。それではカフェを出ようということになり、彼がコーヒー代を払ってくれた。しかし彼は、外に出て地下鉄までの道順を教えてくれると、あっけないほどあっさりと別れていった。私は、上機嫌《じょうきげん》で手を振って立ち去っていく彼の後ろ姿を見送りながら、これが今までだったらきっと何かが起こっただろうに、と未練がましく思ったりした。

私は、さらに冷たくなった風の中を、イタムワタシ、イタムココロ、と口ずさみながら地下鉄の駅に向かって歩きはじめた。そして、彼の言っていたワン・ナイトというのは、ポルノ映画の深夜興行をさしていたのかもしれないな、などと思ったりもしていた……。

私はようやく三日目に理解した。何かが起きそうで起こらない。それはやはり私がこれまでとは違う土地へ来ていたからだ、と。

そういえば、とイスタンブールのハナモチ氏が言っていたことを思い出した。

カタコトの日本語だけでなく、英語も私などよりはるかにうまく話すハナモチ氏は、外見に似合わずなかなかのインテリで、大学卒だというのもまんざら嘘《うそ》ではなさそうだった。

その彼とチャイハネでチャイを飲んでいて、「茶」の話になった。私が、これまで通ってきた国では、どこでも人々は「茶」を飲んでいたが、面白いことにどこでも「チャ」か「チャイ」と発音されていたという話をすると、ハナモチ氏はそうか、そうかというように深く頷《うなず》き、トルコ人はチャイが大好きだが、ギリシャ人はチャイを飲まずにコーヒーを飲むのだと言う。そして、チャイの国はみんな仲間なのだ、と言い出した。なるほど、「アジアはひとつ」などという言い方にはどこからどこまでがアジアなのかわからないという曖昧《あいまい》さがあったが、茶を飲む国とコーヒーを飲む国に分ければわかりやすい。もしそれを基準にすれば、トルコまでがアジアということになる。

「万国のチャイ国よ団結せよ！」

調子に乗ってはしゃぐハナモチ氏に、しかし、と私が水を差した。

「イギリス人も紅茶が好きだよ」

すると、ハナモチ氏は困ったようだったが、すぐにこう訊《たず》ねてきた。

「英語でチャイは何という？」

「ティー」

「フランス語では？」

「テ」

「ドイツ語では？」

「たぶん、テー」

「ほら」

「何が」

「彼らはTで始まるチャイを飲んでいる。でも、僕たちはCのチャイを飲んでいるのさ」

その時は笑うだけだったが、あるいは一面の真理をついていたのかもしれなかった。いずれにしても、私はトルコからギリシャに入ることで、アジアからヨーロッパへ、イスラム教圏からキリスト教圏へ、茶の国からコーヒーの国へ、「C」の茶の国から「T」の茶の国へと、違う種類の国へ来てしまっていたのだ。

ある晩、私はオモニア広場の安食堂で食事をして帰ると、突然、ホテルの部屋で腕立て伏せを開始した。体力がとてつもなく落ちているように思えてならなかったのだ。

「イチ、ニッ、サン、シ、ゴー、ロク……」

掛け声をかけて腕立て伏せをしているうちに、突然、そんなことをしている自分がひどく滑稽《こっけい》で、思わず笑い出してしまった。力が抜けてしまった私は床に転がり、仰向けになったまま笑いつづけた。この姿を他人が眼《め》にしたら気が狂っているとしか見えないかもしれない。そう思いながらなお笑いつづけた。

笑いの衝動が収まると、そのままの姿勢で考えはじめた。

確かに私はアテネという都市に違和感を覚えている。しかし、その違和感がギリシャ全体に言えることなのかどうかはまだわかっていない。それを確かめるためにもそろそろ移動を開始した方がいいのかもしれない。

私は床から起き上がると、シンタグマ広場のツーリスト・インフォメーションで貰《もら》ったギリシャの地図を取り出した。

机の前に坐り、地図を眺《なが》めていて、やはり心が魅《ひ》かれたのはエーゲ海に点在する島々だった。

クレタ、ロードス、ミコノス、サントリーニ、デロス……。

青い空に紺碧《こんぺき》の海、石畳の坂道に小さな教会、白い壁に黒衣の老婆《ろうば》……。

それがどこの島の風景なのかは曖昧だったが、エーゲ海の島を紹介する何かの映像で見た記憶があった。きっと、それは本当に「絵」のように美しい風景なのだろう。だが、そうした島に滞在し、のんびりと日を送る楽しさを満喫するには、私の懐《ふところ》はあまりにも貧しすぎた。

私はペロポネソス半島に眼を移した。

ペロポネソス半島はアテネの西にある巨大な島のような半島で、コリントスの辺りで辛《かろ》うじて大陸とつながっている。小型の九州のような地形をしたそのペロポネソス半島の中で、私が知っている地名は僅《わず》かに三つしかなかった。オリンピア、スパルタ、ミケーネの三つだ。しかし、私はペロポネソス半島に関してひとつだけ知っていることがあった。それはペロポネソス半島がギリシャの田舎と呼ばれているということである。ギリシャという国がヨーロッパの田舎なら、ペロポネソス半島はそのギリシャの田舎だという。私がこの旅でぼんやりとではあったがギリシャまでのルートを考えていたのは、ギリシャの田舎たるそのペロポネソス半島に行ってみたいという思いがなくはなかったからだった。なくはなかった。そう、一方ではそこへは行かない方がいいのではないかという思いもあったからだ……。

一時間ほど考えて、ペロポネソス半島に向かうことにした。出発するなら早い方がいい。私はとりあえず、自分が知っている三つの土地の中で最も近いところにある、ミケーネに行ってみることにした。

4

だが、翌日、ペロポネソス半島への出発が遅くなってしまったのは、午前中にシバリシス・ソフィア通りにある日本大使館へ行き、さらにその帰りにシンタグマ広場のツーリスト・インフォメーションに立ち寄らなければならなかったからである。

大使館へ行ったのはパスポートの件で訊ねたいことがあったからだ。

私のパスポートは長い旅のあいだにかなり貫禄が出ていたが、破損したり綴《と》じ糸が緩んだりというまでには至っていなかった。しかし、困ったのは、二十二頁《ページ》ある「査証」の欄が、通過してきた国のスタンプで一杯になってしまったことだった。

よく見てみると、パスポートには結構いろいろな欄があることがわかる。まず表紙裏には《日本国民である本旅券の所持人を通路故障なく旅行させ、かつ、同人に必要な保護扶助を与えられるよう、関係の諸官に要請する。日本国外務大臣》とあり、第一頁にはその英文が記載されている。第二頁には旅券番号から始まって生年月日や身長に至るまで私のデータが載っている。第三頁と第四頁にはそれぞれ渡航先と効力が明記されているし、第五頁には写真と所持人自署、つまり私のサインがある。六頁から八頁までが「追記」という欄になり、九頁以降が「査証」の欄になる。

トルコでもギリシャでも、係官はスタンプがひしめきあっている「査証」の欄ではなく、空いている「追記」の欄に押してくれていたが、そこも徐々に余白がなくなりつつあった。これからもまだいくつかの国を通過していくということになると、新しく入った国のスタンプはどこか他の国のスタンプの上に押してもらわなければならなくなる。だが、できればそれは避けたかった。どこの国のどこの土地でも、私はほとんど記念品の類《たぐ》いを買ってこなかった。その意味では、私がその国を通過した痕跡《こんせき》は出入国の際に押されるパスポートのスタンプだけだといってもよかった。ひとつの国に入り、出る。スタンプにはただその場所と日時が記されているに過ぎなかったが、私にとってはどのような記念品より貴重だった。だから、せめてそれだけは原型を留《とど》めておきたかった。

しかし、旅先でパスポートに余白がなくなった場合、いったいどうしたらいいのか。これまで、そんなことが書いてある旅行書を読んだことはなかったし、そんなことを教えてくれる人もいなかった。あるいは、新しいパスポートを作らなければならないのかもしれない。もしそうであるなら、写真を撮らなくてはならないし、発効までにある程度の日数も必要だろう。その場合は、ペロポネソス半島へ旅立つ前に手続きを済ませ、アテネに戻ってきた時には受け取れるようにしておきたかった。私はそうしたことを訊ねるために大使館に行ったのだ。

この件で日本の在外公館に足を運ぶのは初めてではなかった。トルコでも、早目に手を打っておいた方がいいと思い、イスタンブールにしばらく滞在することを決めた時点で日本領事館を訪ねていた。手紙が来ているかどうかを確かめるついでに相談するつもりでいたのだ。

イスタンブールの領事館へ行くと、まず玄関にこの横のベルを鳴らせと書いてある。ベルを鳴らすと、人がひとり通れるくらいのドアが開く。そこを入ると、現地採用と思われるトルコ人の男性が出てきて、紙切れを突き出す。これに氏名を書けというのだ。その場で書いて渡すと、しばらくして日本人の女性が出てきて、切り口上にこんなことを言う。

「武器など持っていないですね」

私が笑って否定すると、彼女はにこりともせず言った。

「パスポートを見せて」

言われた通りパスポートを提示し、中に入ろうとすると、彼女は高圧的な口調でこう言った。

「そのショルダー・バッグはここに置いていくように」

とたんに私は厭気《いやけ》がさし、その場で引き返してしまった。

ところが、アテネの日本大使館は違っていた。警戒もイスタンブールほど大仰ではなく、応対に出てきてくれた男性の館員も愛想がよかった。

私がパスポートを見せ、どうしたらいいのかと訊ねると、館員はごくあっさりと言った。

「増補すればいいんです」

「増補？」

「後ろに貼《は》り足すんです」

「そんなことができるんですか」

「簡単です」

それはありがたい、ここでやっていただけますか。私が訊ねると、館員はもちろんと言った。しかも、すぐにできるという。私は、それではお願いします、と頼んだ。

「千五百円です」

「えっ？」

「千五百円分のドラクマをいただきます」

館員にそう言われて、私は慌《あわ》ててしまった。金のことをまったく考えていなかったのだ。千五百円といえば、このアテネでも一日から二日分の滞在費に匹敵する。たかがスタンプのためにそのような無駄《むだ》遣いをしていいものだろうか。

私が考え込んでしまったので、逆に館員が不思議そうに訊ねてきた。

「どうしました？」

私が正直にこちらの懐具合を話すと、館員は笑いながら言った。

「パスポートの増補をする人も珍しいけど、その金額を聞いて悩む人には初めてお会いしました」

私は考えに考えた末、もうしばらく余白を利用して切り抜けることにして、何もしないで大使館を退散した。

その足でシンタグマ広場のツーリスト・インフォメーションに廻《まわ》った。ペロポネソス半島を走るバスのタイム・テーブルが欲しかったからだ。

シーズン・オフとはいえ、さすがにアテネ中の貧乏旅行者が集まるというこのインフォメーション・オフィスには、かなりの数のバック・パッカーたちがいた。私は、いくつかの列のうち、中年の女性が坐《すわ》っているカウンターの前の列の最後尾についた。ようやく順番が来て用件を告げると、彼女はいかにも面倒臭そうに、ザラ紙にタイプ印刷されただけの粗末なタイム・テーブルを放《ほう》り投げるようにしてくれた。ギリシャに入って以来、このように無作法な態度を露骨に示されたことがなかったので、一瞬ハッとした。こちらの頼み方に落度はないはずだった。オフィスか家庭かで何か不愉快なことでもあったのだろう。そう思うことにしてカウンターの前から離れた。

貰ったタイム・テーブルには、目的地別にアテネからの距離と所要時間と料金、それに発車時刻が書き込まれていた。

たとえば、ミケーネに関しては、次のように記されている。

《アテネ＝ミケーネ　130km　2h　85Dr
　　700　830　1000　1130
　　100　230　400　530　700　830》

私はホテルで荷物をピックアップする時間に余裕を持たせ、二時半のバスに乗ることにした。

ホテルに戻る途中、アテナス通りの市場でオレンジを買った。ギリシャに来ての食物に関する最大の発見は、オレンジがおいしいということだった。アメリカ産のオレンジと違い、妙な甘さがない上に水分が豊富なのだ。私は、ギリシャで長距離バスに乗る際はオレンジを持って乗り込もうと決めていた。

オモニア広場の近くの安食堂で、これもまたギリシャに入って以来の好物となった挽《ひ》き肉とナスとチーズの重ね焼き料理ムサカを食べ、ホテルで預かってもらっていた荷物を受け取ってバスのターミナルに向かった。

六十五番の市内バスに乗って二十分ほど行くと、キフィソフのバス・ターミナルに着く。ここはテサロニキからのバスが到着したのと同じターミナルであり、ペロポネソス半島へのバスもまたここから出発することになっている。

午後二時半、タイム・テーブル通りに出発したバスは、しばらくアテネの市街地を走っているが、やがて海沿いの道を走るようになる。アクロポリスの丘から周囲を眺めると、東には真正面にリカビトスの丘とアテネ市内の密集した家屋とが見え、西には近いとも遠いとも言いかねる距離にエーゲ海に続くサロニコス湾が見える。私がアクロポリスの丘に登ったのは日中だったが、その海には日没間際《まぎわ》の景観にきっと素晴らしいものがあるだろうなと思わせるものがあった。いま、そのサロニコス湾の沿岸の道を走っていると、傾きはじめた太陽の光が海面に反射しているのが見える。黄金色というほどではないが、微《かす》かに赤みを帯びた黄色の光が鈍く海面を覆《おお》っている。しかし、私たちが乗ったバスは、その光が燦然《さんぜん》とした輝きを放つ前に、海沿いの道と別れを告げた。山あいに入った道はしだいに両側をオリーブ畑に囲まれるようになる。人の背よりいくらか高いと思われる樹木に、薄い緑色をした葉が茂り、よく見るとその葉と同じ色のオリーブの実が生《な》っている。

ペロポネソス半島の付け根ともいうべきコリントスを通過すると、もうほとんど町らしい町はなく、村といえる村もなくなる。しかし、途中にポツンポツンとある集落には、たとえそれがどれほど小さな集落であろうと、教会の丸屋根と十字架だけは高く聳《そび》えていた。

ミケーネには四時半に到着した。

ツーリスト・インフォメーションでミケーネにはユース・ホステルがあると聞いていた。ところが、終点でバスを降りて訊ねると、ユース・ホステルへは三十分も歩かなければならないという。一瞬、意気阻喪《そそう》しかけたが、遺跡はさらにその奥にあるという。そこで、とにかく、教えられた通りに寂しい一本道を歩いていくことにした。

夕暮れの道を三十分ほど歩くと、右手にユース・ホステルが見えてきた。宿泊者はあまりいないらしく、応対に出てきたおばさんに泊めてほしいと頼むと、すぐドミトリーにベッドが貰えた。会員証のチェックもないそのあっけなさに、私は少々拍子抜けしてしまった。というのは、旅に出る前に、ユース・ホステルの会員証を作るかどうかで迷ったことがあったからだ。いい年をして今更ユースもないものだが、ヨーロッパ圏に入ってからはユース・ホステルがアジア圏の安宿の替わりになるという話を聞き、ユース・ホステル協会の出張所のようなところへ行って作っておいたのだ。しかし、ギリシャでは、いや少なくともこのミケーネでは、泊まるのに会員証は必要ないらしい。これで初めて会員証がつかえると喜んでいた自分が滑稽に思えてきた。インドで作った贋《にせ》学生証といい、日本で作った真ユース・ホステル会員証といい、なかなか使えないのがおかしかった。ドミトリーには他に誰も泊まっている気配がなく、ほとんど個室も同然だったが、それで三十ドラクマだという。会員証が使えようと使えまいと、その値段ではどんなことに対しても文句は言えなかった。

私はベッドの脇《わき》にザックを置くと、さっそくミケーネ王朝の遺跡へ行ってみることにした。

ユース・ホステルからさらにまた三十分ほど緩やかな登りの道を歩いていくと、頭上にライオンのレリーフがある石造りの門が見えてくる。そこをくぐり抜け、さらに上に登っていくと、建物の跡と思われる窪地《くぼち》や礎石が散在する宮殿跡に出る。

宮殿跡には誰もいなかった。私はたったひとりで歩き廻りながら、この風景にどこか見覚えがあるような気がしていた。

私はしだいに暗くなっていく中、遺跡の最も高いところへと歩を運んだ。そして、そこから下界を眺めた瞬間、あまりの美しさにほとんど息を呑《の》む思いだった。陽《ひ》が完全に沈んだアルゴスの平野は、無彩色の世界に近づきつつあった。すべてが薄い墨色に変わりはじめ、ところどころに湖と見まごう靄《もや》がたちこめている……。私はそのモノクロームの世界に佇《たたず》んでいるうちに、この風景に見覚えのある理由がわかってきた。

高校一、二年の頃《ころ》、私はよく有楽町の日劇の地下にある映画館でヨーロッパの映画を見ていた。なんとなく小難しいものが多かったが、『長距離ランナーの孤独』も『去年マリエンバードで』も『蜜《みつ》の味』も、みんなそこで見た。きちんと理解できていたのかどうかは自信がないが、そうやって精一杯、誰にともなく背伸びをしてみせていたのだろう。

その中の一本に、ギリシャ映画の『エレクトラ』があった。それを見にいったのは陸上競技部のトレーニングが終わった土曜の夕方だったため、三分の一くらいは眠っていた。眼《め》が覚めると、女優が瓦礫《がれき》の中をさまよい歩いている。また眠り、眼を覚ますと、今度はそこで絶叫している。『エレクトラ』という映画は、モノクロームの暗い画面に繰り返し眠りを誘われ、ほとんどストーリーを把握《はあく》できなかったこともあって、わずかに瓦礫とその中の女優の姿しか印象に残らなかった。だが、あの『エレクトラ』は、セットではなく実際の遺跡を使って演じられていたに違いない。そして、その荒れ果てた瓦礫の遺跡こそ、恐らくはこのミケーネの宮殿跡だったのだ。

トロイ戦争に勝利したアガメムノンは、美しい捕囚としてトロイの王女カッサンドラを伴い、ミケーネに凱旋《がいせん》する。そのアガメムノンを、妻のクリュタイムネストラが愛人のアイギストスと謀《はか》って殺してしまう。かつて、アガメムノンが長女を生《い》け贄《にえ》として神に差し出したことがあって以来、妻は夫に深い恨みを抱くようになっていたのだ。父の死を知った次女のエレクトラは、弟オレステスの身に危険が襲いかかるのを恐れて遠くの地に逃がす。それから八年、復讐《ふくしゅう》を誓ったエレクトラのもとに、立派に成長したオレステスが帰還する。やがてエレクトラはオレステスと力を合わせて父の無念を晴らすが、実の母を殺してしまった娘と息子にはもうひとつの悲劇が待ち構えている……。

大学生になり、アイスキュロスやエウリピデスのギリシャ悲劇を読んでやっと理解した『エレクトラ』の物語は、ざっとこういうものだった。私が眠りの合い間に見たのは、父が殺されてから弟が帰ってくるまでの、嘆きのエレクトラだったのだろう。この宮殿跡には、映画の中のエレクトラ女優ばかりでなく、もしかしたら三千年以上も前に本物のエレクトラがさまよっていたことがあるのかもしれない……。

そんなことを考えながらの帰り道、私はアガメムノンの墓と呼ばれている宝物殿に寄ってみた。しかし、辺りはすっかり暗くなっており、中に入るのは諦《あきら》めることにした。

翌朝、もういちど宮殿跡に登ってみた。朝の光の中で前方に開けたアルゴスの平野が一望のもとに見渡せる。かつてはアガメムノンがこの一帯を支配していたのだろう。しかも、よく見ると、この宮殿は二方を山、一方を小高い丘に囲まれている。ギリシャには、この時代にすでに、充分考えつくされた築城法があったということになる。

帰りにまたアガメムノンの墓に寄り、昨日は入れなかった内部に足を踏み入れてみた。墓の中は氷室《ひむろ》のように暗くがらーんとしている。しかし、その暗さには日本の墓のような妙な湿り気が感じられなかった。ここからは、あのシュリーマンが宮殿跡で発掘した黄金の仮面のようなものは出土しなかったということだが、たとえどのような遺物が出たとしても、それらに、嘆きや悲しみ、呪《のろ》いや怨念《おんねん》といった情念がまとわりついていることはないだろうと思えた。この空間は、すべてを乾かし、粉々にしてしまう。それは恐らく、この墓が土ではなく、石で囲まれているせいに違いなかった。

私はユース・ホステルに戻り、荷物を受け取ると次の目的地に向かってバスに乗った。

ミケーネの次はスパルタへ行くことにしていた。途中、ナフプリオンへ寄ったが長居をする気になれなかった。ナフプリオンは、海に浮かぶ城があることで有名な古い都ということだったが、その城は高級ホテルになっており、宿泊客以外は上陸できないという。岸から眺《なが》めたが、美しいがそれだけ、という風景だった。すぐにアルゴスからスパルタへ向かい、午後にはスパルタの小さなバス・ターミナルに着いた。

古代ギリシャの時代には、アテネと覇《は》を競うほど強大だったスパルタも、現在では首都アテネとは比較にならないほど小さな田舎町のひとつになっていた。安ホテルを見つけ、荷物を部屋に置くと、さっそくエンシェント・スパルタ、つまり古代ギリシャ時代のスパルタがあったところへ行った。

古《いにしえ》のスパルタは現代のスパルタの町のはずれにあった。あった、というのは正確ではない。微《かす》かに跡らしきものはあったが、そこには何もなかったのだ。一面オリーブ畑になっており、石垣《いしがき》だったのか建物の礎石だったのか、地中になかば埋もれた石が散見されるだけだ。古代スパルタは徹底的な破壊にあったらしく、往時を思い出させるようなものはまったく残っていなかった。

オリーブ畑の間の道をさらに奥に入っていくと、何かの建物の礎石だったとおぼしき石のひとつに老人が腰を掛けていた。

「ヤース」

覚えたてのギリシャ語でこんにちはと挨拶《あいさつ》したが、老人は返事をしてくれない。耳が遠いのかもしれなかった。

いくら歩きまわってもまったく何も残っていない。だが、それは私にはいっそ潔《いさぎよ》いものと映った。アテネのアクロポリスの丘に立った時よりはるかに強いうねりのある感情が湧《わ》き起こってきた。滅びるものは滅びるに任せておけばいいのだ。滅びのあとに生まれるものがあれば生まれればいい。滅びたものを未練に残しておくことはないのだ。スパルタは死んでいた。しかし、このスパルタの徹底して潔い死には、アテネのアクロポリスのあの壮大な骸《むくろ》のような美しさは打ち勝てないのだ、などと思ったりもした。

オリーブの木にはたくさんの実が生《な》っている。それをひとつもぎ、片手で宙に放り上げながら戻ってくると、老人がさっきとまったく同じ姿勢で石に腰掛けていた。

「グッドバイ」

そう小さく言って横を通り過ぎようとすると、不意に老人がこちらを向いて言った。

「英語を話すのか？」

耳が遠かったわけではないらしい。

「少しならわかります」

私が言うと、老人は意外な早口で喋り出した。

それによると、彼はアメリカ人で、ニューヨークの大学で教鞭《きょうべん》をとっていたが、十六年前に引退してギリシャに渡り、以来ずっとここに住んでいるということだった。そして、この国もインフレになっているがまだまだ少ない金で暮らせるということや、アメリカではできない静かな生活が送れて気に入っていることなどを話してくれた。

異国に暮らして不自由なことはないのですか。私が訊《たず》ねると、彼は自信に満ちた口調で言った。何も不自由はしていない。なぜなら私にはテレビも必要ないし、新刊本も必要ないからだ。ただ、昔読んだ古い本を読み返していればそれでいい……。

彼はやがて、ちょっとした講義口調でスパルタについて話しはじめた。スパルタは三回大きく変わった。だが、あの栄光の都市国家スパルタは何も残そうとしなかった。ここにあるこの石ころの他には。ギリシャの歴史家も言っている。スパルタが滅びた後のスパルタには、かつてあのスパルタが存在していたという痕跡《こんせき》すら残っていないかもしれない、と。実際それが私の気に入っている点でもあるのだよ……。

そして、こう訊ねてきた。

「ミストラへは行ったかい？」

「いえ」

私が答えると、彼は言った。

「ぜひ行くといい」

「はい」

私は思わず彼のゼミナールの学生でもあるかのように素直に頷《うなず》いてしまった。

「中世の宗教都市だが、ここも徹底的に破壊されている。だが、美しい町だ。廃墟《はいきょ》の町というのは美しいものだ……」

次の日、ホテルで地図を書いてもらってミストラへ行った。

スパルタからミストラまではバスが走っているのだが、バス代をケチったため一時間以上も歩くはめになった。

現代のミストラはスパルタよりはるかに小さな町で、十分もあれば町中をくまなく歩くことができそうなくらいだった。中世のミストラはその現代のミストラよりさらに高い丘の斜面にあった。

かなりきつい坂を登っていくと、左手に石の壁に囲まれた門が見えてくる。そこをくぐり抜け、右へ左へと折れ曲がりながら頂へ続いているらしい急な石の階段を登っていく。途中、廃墟となった教会がいくつも姿を現す。そのひとつを覗《のぞ》くと、天井にイエスや聖人たちのイコン画が描かれている。消えかかっているものもあれば、意外に鮮明なものもある。そこを出て、さらに石の階段を登り続けると、私の足音に驚いたのか、草むらから走り出てきた蜥蜴《とかげ》が眼の前を横切っていく。朝早いせいだろう、観光客らしき人物には誰とも出喰《でく》わさない。

二十分ほど登りつづけてようやく頂上に辿《たど》り着く。崩れかけた城塞《じょうさい》の壁の前に立ち、下界を見おろすと、紅葉の混ざった美しい緑の中に、完璧《かんぺき》に廃墟となった町が一望できる。壁だけになった種々の建造物、そのあいだに点在する赤い瓦《かわら》の色だけが鮮やかな大小の教会。その向こうに広がるスパルタの平野と、それを取り囲むようにして連なっているパルノンの山並み。壁の後ろは深い谷になっており、そのすぐ向こうにまた山の斜面が迫っている。眼をこらすと、そこを野生化した山羊《やぎ》が歩きまわっている。一頭が立ち止まり、こちらを眺めるように顔を向ける。手を振ると、一呼吸おいてからゆっくりと斜面を下っていった。

城塞の崩れかかった壁の間からまた蜥蜴が顔を出した。そして、こちらの気配を窺《うかが》うかのようにじっとしている。この死んだような町で、住人は山羊と蜥蜴だけのようだった。

私は壁の上に腰を掛け、ミストラの全景を眺めつづけた。太陽は明るく、聞こえる音もない。古代スパルタで会ったあの老人が言っていたように、実に空虚で、だから実に美しい風景だった。

眺めているうちに、タイの古都アユタヤが思い出された。

シンガポールからいったんバンコクに戻った私は、カルカッタ行きのインド航空のフライトまで日数があったので、一日アユタヤに遊んだ。

鉄道駅からアユタヤ王朝の遺跡を目指して歩いていると、シャワーのような夕立に降られた。しばらく織物工場で雨宿りをさせてもらい、外に出ると、空を覆《おお》っている黒々とした雲の間から神秘的としか言いようのない光が降り注いできた。その神々しいまでの光に照らされて、遺跡の中では馬の親子が雨に濡《ぬ》れた草を食《は》んでいた。私は、その時、腹の底から美しいと思った。しかし、同時に、私はこのような光景に遭遇するために旅をしているのではない、とも思ったのだ。その感覚は、次にカルカッタという熱狂の渦《うず》の中に入ってしまったため忘れていたが、いま、アユタヤの遺跡群とよく似た色を持つミストラの遺跡を前にして、ゆっくりと甦《よみがえ》ってきた。私はこのような美しい風景を見るために旅をしているのではない。だが、このような風景でないとしたら、いったい何だというのか。

ふと、古代スパルタの廃墟で会った老人の顔が浮かんできた。彼はあそこで何をしていたのだろう。本を読んでいたわけでもなく、考えごとをしていた風もなかった。ただぼんやりしていただけだった。もしかしたら、と私は思った。あの老人は、ああやって誰か話し相手になりそうな人が来るのを待っていたのではあるまいか。英語が話せるのかと訊ねてきた彼の調子には、驚きだけでなく、話し相手が見つかった喜びのようなものも混じっていたような気がする。いま思い返せば、逃がしたくないという切迫した感じさえなくもなかった。確かに、彼にはテレビも新刊本も不必要だったろう。しかし、彼もまた人だけは必要としていたのではなかったか。

そのとき私は、自分が胸のうちで、彼もまた、と呟《つぶや》いていたことに気がついた。そう、彼もまた、と……。

ミストラからスパルタに戻った私は、昼食もとらないまま午後のバスでトリポリへ向かうことにした。

5

ターミナルに停車しているバスがさほど混んでいなかったので、私はチケットに記された座席番号を無視し、空いている奥の席に坐《すわ》ることにした。近くには、通路を挟《はさ》んだ斜め前に、でっぷりと太ったおばさんがひとり坐っているだけだ。これでゆったり乗っていける。そう喜んでいると、出発間際《まぎわ》になって、汚い服を着た裸足《はだし》の母子が乗ってきて、おばさんの二列前の座席に陣取った。

子供は六、七歳の男の子を頭に、四歳くらいの女の子と、男女どちらともつかない乳飲み子がひとりの三人で、乳飲み子を抱いた母親の横に女の子が坐った。男の子は、いったん通路を挟んだその隣の席に坐ったが、すぐに落ち着きなく動きまわりはじめた。その子供に似合わぬ乾いた表情から判断すると、バスに乗ってはしゃいでいるというのでもなさそうだった。

男の子の傍若無人《ぼうじゃくぶじん》な振る舞いはバスが走りだしても止《や》まなかった。通路をうろつき、空いている席に坐ったり、寝転んだり、またうろついたりする。母親は、別にそれを注意するでもなく、男の子の好きに任せている。乗客は時おり迷惑そうな視線を向けるが、ほとんどは無視したままだ。

うろつくことに飽きたのか男の子は太ったおばさんの前の座席に坐ると、後ろ向きになって背もたれ越しに手を差し出した。おばさんがどう対応するか見守っていると、何か小言のようなことを口にしながら、しかしそれでもバッグから財布を取り出し、小銭を渡すではないか。男の子は礼も言わずに母親のところに戻ると、その金を見せ、取り上げられそうになると素早くズボンのポケットにしまった。

男の子はまたおばさんの前の席に戻ると、もう一個というようにまた手を出した。するとおばさんは、今度はパチンとその手のひらを叩《たた》いた。男の子は叩かれたことを別に気にするでもなく、また通路をうろうろしはじめた。

その様子を見ているうちに、あるいはこれがジプシーという存在なのかもしれないと思えてきた。定住の土地を持たず、ヨーロッパを流れ歩いているというジプシー。そうだ、この母子はジプシーなのだ。おばさんが小銭を「恵んだ」のは、彼らがジプシーだからなのだ。私は、これまで書物の上の存在でしかなかったジプシーが眼の前にいるということに少し興奮した。ジプシーといえばスペインが連想されるが、東ヨーロッパにもかなりの数がいると聞いている。ギリシャがそれらの国と地つづきである以上、たとえここがギリシャの田舎であろうと、こうしてジプシーがいることに何の不思議もない。ギリシャにもいれば……たぶんトルコにもいるのだろう。

そこに思い至ると、トルコで不思議でならなかったいくつかの疑問が解けてくるような気がしてきた。

例えば、それはイスタンブールに滞在して数日たった頃《ころ》のことだ。

夕方、バスで旧市街から新市街に向かっていると、途中の停留所から二人の少年が乗り込んできた。裸足の上に垢《あか》だらけだったが、運転席の方から乗り込んできたところを見ると料金はきちんと払ったのだろう。満員の中を強引に縫って私が坐っている奥の方にやってきた。しばらくは降車用のステップに腰を下ろしていたが、やがてひとつの席が空くと二人で素早く坐ってしまった。隣の席の若者は迷惑そうな表情を浮かべたが、少し詰めて二人を坐らせた。

二人は大声で喋《しゃべ》っては、野卑な声を上げて笑う。周囲の大人たちは見て見ぬふりをしていたが、しばらくすると、すぐ前に立っていた中年の男性が少年たちにきつい調子で何かを言い、彼らが馬鹿《ばか》にしたような口調で言い返すと、その頭を本気で殴り、追い立てるようにして席を立たせてしまった。

しかし、少年たちはそれにもめげることなく、またステップに坐ると前にも増して大声で喋りつづけた。ひとりが自分の股間《こかん》を指差すと、もうひとりも卑猥《ひわい》な笑い声を上げながら自分の股間を指差す。見ると、そこは異常なほど大きく盛り上がっている。乗客の中には面白そうに笑っている若者もいれば、軽蔑《けいべつ》しながら羨《うらや》んでいるような眼で見ている学校帰りの少年たちもいたが、大部分の大人たちは苦り切ったような表情を浮かべていた。

やがてバスがアタチュルク橋を渡り切ると、少年たちは飛び降りるようにして下車した。二人は、バスの扉《とびら》が閉まると、こちらをふりむき、股間に手を入れ、勢いよく引き抜いた。すると、そこには酒の瓶《びん》が握られていた。彼らはそれを高く振りかざすと、自分たちを見ているバスの中の大人たちに向かって悪態をついた。

「バカ、これだよ！」

とでも言っていたのだろう。

一方、頭を殴った男は、走るバスの窓から首を突き出し、少年たちに怒鳴り返していた。

彼が殴ったのは、公共の場所で卑猥な言葉を発していることに腹を立てたからだろう、といちおう推察することはできる。私はその少年たちの生命力に溢《あふ》れた粗野さに惹《ひ》かれるものを感じたが、それをさておいても、なぜその少年たちにはそうした暴力が許されるのかがわからなかった。わからないことがもどかしくもあった。

しかし、彼らがジプシーだということになれば、一挙に理解できてくる。トルコにおいても、ジプシーは差別される者として、永く存在させられているはずだったからだ。そういえば、あの少年たちの顔つきや雰囲気《ふんいき》には、このバスに乗っている親子に近いものがあった。

そんなことを考えていると、しばらくは母親の隣の席に坐っていた男の子が私の前の座席に移ってきた。私が、何か用かい、というように顔を向けると、背もたれから顔をのぞかせた男の子は、さっきおばさんにしたのと同じように手を差し出してきた。私は、バス・ターミナルの売店でキャンディーを買っておいたのを思い出し、ポケットから袋を取り出すと、ひとつ手のひらに載せてあげた。男の子は、それを口にすると、また手のひらを突き出してきた。妹の分も要求しているらしい。私がもうひとつ載せると、男の子は妹にやらずに、また口に含んでしまった。そして、その二つを食べ終わると、また手を突き出してきた。

「ノー」

私が首を振っても、しつこく出しつづける。そこで私もおばさんの例にならって、男の子の手のひらをパチンと叩いてみた。すると、男の子はびっくりしたように手を引っ込めた。ところが、おばさんの時とは違い、しばらく私の様子を窺《うかが》い、私が何の敵意も抱いていないことを見て取ると、また手を差し出した。私はまたその手をパチンと叩いた。すると、男の子は嬉《うれ》しそうにケラケラと笑い声を上げた。どうやら、私のパチンとおばさんのパチンは意味が違っていたらしい。男の子は飽きずに手を出しつづけ、私も飽きずに手を叩きつづけた。

パチンと叩くと、ケラケラと笑う。それは、眠たくなるようなギリシャの田舎を走るバスの中で、唯一《ゆいいつ》の、しかし多少うるさいところもなくはないバック・グラウンド・ミュージックとなったようだった。

やがてその母子は、トリポリの少し手前で運転手に声をかけ、停留所のないところで停車してもらうと降りていった。

私は窓の外に向かって手を振ったが、男の子はもう最初の頃の無表情に戻ったまま、手を振り返すこともなかった。

トリポリで食事をしてから、オリンピア行きのバスに乗った。

それはスパルタからのバスとは打って変わって超満員で、私の隣にはギリシャ人の若者が坐った。アテネ大学の学生だという彼は、バスが発車するとすぐに話しかけてきた。

意外だったのは、彼が現代の日本についてかなり詳しく知っていることだった。私が現代のギリシャについて知っているよりはるかに多くのことを知っていた。彼の知識は広く近代以降の全般に及んでおり、明治維新が一八六七年に始まるなどということまで知っている。アテネ大学では経済学を専攻しているのだという。私の大学での専攻を訊ね、やはり経済学だったと答えると、矢継ぎ早に質問して来た。

「マルクスを読んだか」

初期のものを中心にいくつかは読んだ。

「では『資本論』を読んだか」

ゼミナールで一年間講読をした。

「どう思ったか」

難しい質問だ。そこで、私は冗談で紛らわそうとした。

「最初から犯人がわかっている最高級の推理小説。ただし前提を受け入れることができないとその世界には一歩も足を踏み入れられない」

すると、彼は急に激しい対抗心を燃やしてしまったらしく、鋭く質問してきた。

「では、シュンペーターの資本主義論はどう思うか」

シュンペーターの資本主義論だって？ そんな話は勘弁してくれないだろうか。私が半ばうんざりして曖昧《あいまい》な対応をしていると、彼はジョーン・ロビンソンやハイエクやミュルダールを援用して滔々《とうとう》と持論を展開しはじめた。必ずしも彼の英語がよくわからなかっただけでなく、私にはそれがひどく遠い世界の話のように思えた。

話が一段落すると、彼はこう質問してきた。

「なぜ日本はテイク・オフできたのに、インドは依然としてテイク・オフできないでいるのか」

テイク・オフという概念は、確か経済発展段階説のロストウの得意とするものだったはずだが、私にはもう飛行機の離陸としてのイメージしか浮かばない。なぜ日本は近代化に成功したかなどといきなり訊ねられても、私にはどう答えたらいいのかよくわからなかった。あるいは、江戸時代の封建制から説き起こせばよかったのかもしれないし、日本人の資質と教育水準の高さに原因を求めればよかったのかもしれない。島国であったという地理的条件が植民地化を免れさせたということを第一に述べてもよかったのかもしれない。しかし、私にはどれも原因のひとつにしか過ぎないように思えた。だから、私は日ごろ常に思っていることを簡単に伝えることにした。

「ラック」

運だ。私が言うと、彼は馬鹿にしたように鼻を鳴らした。

「では、なぜ敗戦にもかかわらずこれほど見事にリカバーすることができたのか」

日本の戦後の驚異的な復興の原因は何か。私はしばらく考え、また言った。

「運だ」

彼はその答えに満足せず、角度を変えていろいろ訊ねてきたが、私には日本という国がたまたま運がよかったのだという以上に確かなことはないように思えた。

そんな彼も、不意にこんなことを質問してきて、私をさらに途方に暮れさせた。日本では、ゲイシャというのはどこにいるのか。彼女たちとベッドを共にするためにはどういう手続きが必要なのか。そして、しまいには、日本人はメイク・ラヴする際は完全に一対一なのか、などと言い出す始末だ。

英語で話しつづけることに疲れ果て、返事も途絶えがちになった頃、ようやくオリンピアに着いた。時計は十一時をさしている。これでは疲れたはずだ。

これから家に帰るというアテネ大学生と別れ、私はユース・ホステルに向かった。

翌日、パンとオレンジ・ジャムとミルクの朝食をとると、まずオリンピアの競技場へ行った。

オリンピアには凱旋門《がいせんもん》をはじめとして多くの神殿や各種の宿舎などの遺跡が残っているが、やはり私に興味があったのは古代オリンピックが開かれたという競技場の跡だった。

しかし、運動会の登竜門《とうりゅうもん》といったイメージのアーチ型の石の門から中に入ると、競技場にはスタート地点に石が埋め込まれた細長いトラックがあるだけだった。ユース・ホステルで貰《もら》ったパンフレットによれば、幅二十九メートルのそのトラックは、長さが百九十二メートルあり、それを一スタディオンと呼び、スタジアムという言葉の語源ともなったという。

トラックの両側はなだらかな斜面になっていて、そこには黄色やピンクの可憐《かれん》な花が咲いていた。かつては、そこに四万もの観衆が詰めかけたという。

私がスタート地点に立ってスタジアムを眺《なが》めていると、そこにアメリカ人らしい白人の若いカップルがやって来て、男の方がウォーム・アップをはじめた。足に自慢の若者なのだろう。きっと故郷に帰って、俺《おれ》はオリンピアで走ったんだぞ、と言いたいためにだけ走るのだ。私がそんなことを思いながら、冷ややかな眼《め》でその若者のウォーム・アップ姿を見ていると、彼が急にこちらに向き直って言った。

「一緒に走らないか」

ひとりで走るのは物足りないというのだ。いったんは断りかけたが、挑戦《ちょうせん》されて逃げるのは男らしくないなどという馬鹿な考えが浮かんできて、よし走ろうと返事をしてしまった。挑戦は受けて立とう。私だってこう見えても十代の時はロング・ジャンプと短距離の選手だったのだ。

彼のガール・フレンドにスターターになってもらい、

「ゴー！」

と声を出してもらってから走り出した。

百メートルを過ぎる頃、私はこのレースを甘く見すぎていたことに気づかされた。ひとつは一スタディオンという距離について、もうひとつは相手の若者の走力について、である。

最初は楽々と走り、楽々とリードしていたが、百メートルを過ぎると苦しくなってきた。ゴールまでが意外に長く感じられ、足の回転が鈍くなり、最後にはほとんど歩いているも同然のスピードに落ちてしまった。その結果、私はゴールの寸前で追い込まれ、相手の若者に一気に抜かれてしまったのだ。僅《わず》かに遅れてゴールインした私は、そのまま草の上に倒れ込んだ。

まさか、自分が二百メートル足らずの距離も全力で疾走できないほどになっているとは思ってもいなかった。いや、それはかりでなく、誰かと競走して負けるなどとは思ってもいなかった。私は仰向《あおむ》けになって寝転んだまま空を眺めた。気のせいなどではなく、本当に体力が落ちていたのだ。

その時、ふと、変わったのは土地ではなく、私なのかもしれないと思った。ギリシャに入って、何かが違ってしまったように感じられるのは、土地が変わったせいかと思っていた。しかし、変わったのは私自身だったのかもしれない……。

午後、オリンピアを発《た》ってアルゴスに向かった。

アルゴスに着き、バスを降りた。遅い昼食をとるため食堂を探しながらぶらぶらしていると、路上のカフェでギリシャ・コーヒーを飲んでいる男に声を掛けられた。

「マイ・フレンド！」

そして、元船員で日本にも行ったことのあるという彼は、私を同じテーブルにつかせるとコーヒーを奢《おご》ってくれた。

そのコーヒーを飲みながら、これはすでに経験したことだという奇妙な感じがした。確かに、アテネ市内でも、ピレウスでも元船員という男に会ったことがある。そして、同じように、コーヒーやウゾーを奢ってもらった。しかし、この時の「これはすでに経験したことだ」という感じは、「この光景は以前に見たことがある」という既視感に近いものがあった。この状況にはどこかで遭《あ》ったことがある。この経験はどこかでしたことがある。これは……。そういえば、私はこのところ何度もそのような感じを抱くことが続いているのに気がついた。

あるいは、変わったのは、土地でもなく、私でもなく、旅そのものなのかもしれなかった。いや、確かに土地も、私も変化しただろう。だが、それ以上に、旅が変化していたのだ。

旅がもし本当に人生に似ているものなら、旅には旅の生涯《しょうがい》というものがあるのかもしれない。人の一生に幼年期があり、少年期があり、青年期があり、壮年期があり、老年期があるように、長い旅にもそれに似た移り変わりがあるのかもしれない。私の旅はたぶん青年期を終えつつあるのだ。何を経験しても新鮮で、どんな些細《ささい》なことでも心を震わせていた時期はすでに終わっていたのだ。そのかわりに、辿《たど》ってきた土地の記憶だけが鮮明になってくる。年を取ってくるとしきりに昔のことが思い出されるという。私もまたギリシャを旅しながらしきりに過ぎてきた土地のことが思い出されてならなかった。ことあるごとに甦《よみがえ》ってくる。それはまた、どのような経験をしても、これは以前にどこかで経験したことがあると感じてしまうということでもあった。

私の旅がいま壮年期に入っているのか、すでに老年期に入っているのかはわからない。しかし、いずれにしても、やがてこの旅にも終わりがくる。その終わりがどのようなものになるのか。果たして、ロンドンで《ワレ到着セリ》と電報を打てば終わるものなのだろうか。あるいは、期日もルートも決まっていないこのような旅においては、どのように旅を終わらせるか、その汐《しお》どきを自分で見つけなくてはならないのだろうか……。

この時、私は初めて、旅の終わりをどのようにするかを考えるようになったといえるのかもしれなかった。

6

朝、暗い部屋で眼を覚ました。自分が今どこにいるのか一瞬わからなくなり、それからパトラスの安ホテルのベッドの中だということを思い出した。

私は組んだ手の上に頭をのせたまま、窓が小さくほとんど光の入らない部屋で、薄暗い天井を見上げながらぼんやりと考えを巡らせはじめた。考えるべきことはただひとつ、これからどうしようかということだった。

ペロポネソス半島の旅も終わろうとしている。

このデリーからロンドンへの旅の出発に際して、漠然《ばくぜん》とながらルートが浮かんでいたのはギリシャまでだった。それから先のことはまったく考えていなかった。アテネからペロポネソス半島へ向かう際も、ギリシャから先のことはアテネに戻ってから決めようと思っていた。ところが、昨日、ペロポネソス半島の北端の港町であるパトラスに到着し、安ホテルを見つけ、チェック・インをして外に出ると、広場のカフェでコーヒーを飲んでいる男に声を掛けられた。彼もまた、以前は船に乗っており、日本に行ったことがあるという。まったくギリシャでは石を投げなくとも日本帰りの元船員にぶつかることになる。そして、彼らが日本人である私に声を掛けてくるのは、確かに彼らが言うとおり日本の印象が悪くなかったということもあっただろうが、それ以上に、かつて船に乗っていた自分の青春時代が懐《なつ》かしいからなのだろうと思えた。いわば、その青春の船員時代の象徴が日本という国であったのだろう。どうやらギリシャの元船員たちは、永く船員を務めたあげく陸《おか》に上がったというより、日本の若者が何となく喫茶店でアルバイトをするのと同じ感覚で船に乗り、日本まで行ってしまったりするようなのだ。

　パトラスで会った元船員からも、ひとしきり日本での経験を聞かされたが、何かの弾みにこのパトラスからイタリアへ向かう船の便があることを知らされた。イタリア半島をロング・ブーツに見立てると、ちょうどその踵《かかと》の真上にあたるブリンディジという港町に、パトラスから毎晩フェリーが出ているというのだ。もしそれが本当なら、アテネに戻る手間が省けると同時に、自動的に次の目的地が決まってくる。そしてその話は、トラブゾンで会った老人のいい加減な話と違って、極めて正確な情報のようだった。

　急に、アドリア海を横断してイタリアへ渡るというルートが魅力的なものに思えてきた。懐《ふところ》具合が心配でエーゲ海の島にはどこにも行かれなかったが、その航海はエーゲ海クルージングの代理としての役割を充分に果たしてくれそうだった。

　だが、その話を聞いた昨夜は、間に合うものならすぐにでもフェリーに乗り込もうと心が逸《はや》ったのに、いざこれでギリシャを切り上げなくてはならないということになると、果たしてそれでいいのだろうかというためらいが生じた。このようなかたちでギリシャの旅を、というより、ペロポネソス半島の旅を切り上げてしまうことに心残りがあったのだ。

私には、これまで通過してきたどの国においても、ここだけは絶対に訪れたいという特別の土地はなかった。西へ向かう途中、ただいくつかの偶然によってその土地に立ち寄ることになったに過ぎない。が、このペロポネソス半島だけは違った。私はここだけは訪れてみたかったのだ。ギリシャの田舎、ペロポネソス半島。それが私の夢見た土地だった。

なぜ私がこのペロポネソス半島に憧《あこが》れに似た強い思いを抱いていたのか。それにはささやかだがはっきりとした理由があった。

少年時代に一冊の旅行記を読んだ。それはフルブライトの留学生としてアメリカに渡った若者が、一年間のアメリカ滞在と、そこから東廻《まわ》りで日本に帰るまでの半年間の旅の経験を合わせて書いた旅行記だった。

それはまた、父親が私のために初めて買ってくれた大人の本でもあった。なぜその本を買ってきてくれたのか、その理由は覚えていない。ただ、当時は半失業状態だったはずの父親が、あまり潤沢ではない小遣いの中から買ってくれたものだったことは間違いなかった。

だが、買ってきてもらったものの、私が連日の運動部のトレーニングに疲れ果て、しばらく読まないまま抛《ほう》っておくと、父親が先に読みはじめ、意外なスピードで読み終えた。そのあとで、いつもは物静かな父親が珍しく感情を露《あらわ》にして呟《つぶや》いた。

「こんなだったらな……」

自身が彼のようだったらと言ったのか、それとも息子にそうなってほしいと言ったのか、中学生だった私にはわからなかった。

それから少しして読みはじめた私もすぐに熱中した。それまでの愛読書である漫画とチャンバラ小説を除けば、こんなに身を入れて読んだものはなかった。

しかし、読み終えて、軽い失望を覚えたのも事実だった。サブタイトルである「世界一周一日一ドル旅行」についての具体的な方法が、ほとんど書かれていなかったからだ。少年の私は、どのようにしたら一日一ドルで暮らせるのかの、細かいアドバイスやコースの取り方がもっと懇切丁寧《こんせつていねい》に書かれているとばかり思い込んでいたのだ。

だが、奇妙だったのは、その失望とは別に、何か訳のわからない興奮が私を襲い、それからはひたすらひとりで旅に出ることに熱中するようになったことだ。冬休みや春休みにアルバイトをして金をためると、次の長い休みにはザックを背負って旅に出た。しかし、もっと奇妙だったのは、それがその旅行記を読んだためであるということに、長い間まったく気がつかなかったことである。もしかしたら、自分はあの旅行記に書かれていた旅の方法を模倣していたのではないか。そう気がついたのは、高校二年の春休みにひとりで東北を一周して帰ってきてからのことだった。

その旅行記の中で、私がとりわけ気に入っていたのはギリシャの章だった。

アテネのユース・ホステルで、ギリシャの田舎に行けば、ほとんどただで暮らしていけるという情報を仕入れた著者は、勇躍バスで寒村へ向かう。バスを降りると、まず喫茶店《カフェニオン》に入る。ギリシャ人の男たちはひがな一日その喫茶店に入り浸っているからだ。そして、好奇の眼差《まなざ》しを向けてくる村人の中でも、とりわけニコニコしているひとりに笑いかける。すると、その男はすぐに近づいてきて、

「どこから来た」

と訊《たず》ねてくる。

「どこからだと思うか」

かつて日本の大学で古代ギリシャ語なるものを学んでいたことのある彼が、たどたどしい現代ギリシャ語で答える。とたんに、周囲で声が上がる。

「この客人はギリシャ語がわかるぞ」

みんなが彼の周りに集まってくる。お前はドイツ人だろう、いやイギリス人だ、と勝手なことを言う。外国人というものを見たこともないような人々なのでわからない

のだ。

「日本人だ」

彼が明かすとその喫茶店中が大騒ぎになる。

「イアポニア！　イアポニア！」

自分の遠縁のナントカが日本に行ったことがある。自分の友人のカントカが日本製の小さなラジオを持っている。口々にそんなことを言い、さらに嵐《あらし》のような質問を浴びせかけてくる。お前にはお父さんがいるか、何をしているのか、金持ちなのか、お前はいくつか、結婚しているか、日本にはロバがいるか……。

質問の十字砲火が一段落した頃《ころ》を見計らって、おもむろに彼は訊ねる。

「ときに、この村に宿屋はないか」

村人は困ったように首を振る。しかし、ないのは当然で、彼は最初からなさそうな村を選んできているのだ。

「俺《おれ》はもうくたくただ」

彼が途方に暮れたように言うと、その場にいる四、五人が口々に言い出す。

「それなら、うちにくればいいい」

その言葉を待っていた彼は、中でも身なりのよさそうなひとりを選んでその家に転がり込む。そして、と確か彼は書いていたはずだ。貧しいはずの彼らが、その貧しさの中で最上のものを与えようとしてくれた、と。

そのギリシャの田舎がペロポネソス半島だったというのだ。私がペロポネソスという名前を知ったのはそれが最初だった。そして自分もいつかペロポネソス半島へ行ってみたいと思うようになった。ペロポネソス半島に行けば、あのような幸福な出会いがあるのかもしれない。ペロポネソス半島に行きさえすれば……。

もちろんそれはひと昔もふた昔も前の話である。そのような牧歌的な村が今でも残っているとは思えなかった。多分ありえない。書物の中の世界が実際に現れるものと期待して行けば失望するに決まっている。夢の土地は夢のままに放置しておいた方がいいのだ。そう思いながら、しかし心のどこかで、もしかしたら、と考えなくもなかった。もしかしたら、ペロポネソス半島のどこかには、あのような村がまだあるのかもしれない。

行ってみたいが、行かない方がいいかもしれない。行かないままにしておくべきなのかもしれないが、行ってこの眼で確かめてもみたい……。その揺れを断ち切って、私はアテネからペロポネソス半島への旅に出てきていたのだ。

しかし、やはりあれは伝説の時代のことだった。ペロポネソス半島をほとんど一周したにもかかわらず、夢見たようなことは何ひとつ起こらなかった。これ以上ペロポネソスを廻《まわ》っても失望に失望を重ねるだけかもしれない。このパトラスでギリシャを切り上げなければならないとなると確かに心は残る。だが、思い切って、ここからイタリアに渡ることにしよう……。

私はそこまで思いを廻《めぐ》らすと、枕《まくら》にしていた腕を解き、ベッドの中で腕時計を見た。針は午前八時を過ぎたばかりのところをさしている。

昨夜、ホテルのフロントで確認すると、広場のカフェで会った元船員の言うとおり、ブリンディジ行きのフェリーは毎晩九時に出港しているという。今夜の便で発《た》つにしても時間はまだ充分ある。私は、このギリシャ最後の一日、ペロポネソス最後の一日を有効に使うことにして、ベッドから跳ね起きた。不用になった物を屑籠《くずかご》にたたき込んで荷造りし、ザックをいくらか軽くしてフロントに預けた。

ホテルの前の通りに出ると、この日が日曜日であったことに気がついた。昨日に比べて人通りも車の往来も少なくなっている。

私は広場のカフェでギリシャ・コーヒーを飲みながら、どのように今日一日を過ごそうか考えた。だが、いくら考えても街を散歩するという以上のプランが思い浮かぶわけではなかった。だから、私は目的を定めず歩きはじめた。

海を背にして坂を登っていくと、住宅街の真ん中に崩れかかった石の壁に囲まれた遺跡のようなものがある。どうやら、パトラスのアクロポリスらしい。アテネのアクロポリスとは違い、観光客などはまったくいない。私は門から中に入り、石垣《いしがき》をよじ登って最も高い所に立った。そこからはパトラスの街だけでなく、港と、湾と、岬《みさき》と、遠くイオニア海の水平線までが見渡せた。

気持が軽やかになった私は、アクロポリスから下りると、また気の向くままに歩きはじめた。

坂を下っているうちに、入り組んだ路地に足を踏み入れてしまう。そこを通り抜けようとすると、窓を開けて外を眺《なが》めている老婆《ろうば》とか、道で世間話をしている男たちとか、洗濯物《せんたくもの》を干しているおばさんとか、ゴム跳びをしている少女たちとかに笑いかけられる。こちらも笑顔を向けると、ギリシャ語でなにごとか言葉を掛けられる。質問されているのか、からかわれているのかわからないが、少なくとも悪意を抱かれていないということだけはわかる。だから、私は馬鹿《ばか》のひとつ覚えのように繰り返す。

「ヤース！」

そんな風にして、ひとつの角を曲がるまでに十人くらいと挨拶《あいさつ》を交わさなくてはならないということになる。

歩きに歩いているうちに、どうやら町の外れに出てきたようだった。空地が多くなり、畑も見えてくるようになる。軍の駐屯地《ちゅうとんち》があり、その歩哨《ほしょう》も暇そうにしている。通り過ぎる時に歩哨から声を掛けられた。私も陽気な気分になって日本語で挨拶を返した。

「こんにちは！」

日が登るにつれてしだいに暖かくなってくる。歩き廻っていると薄く汗ばんでくるほどだ。

広い道を折れ、畑が続く脇道《わきみち》に入ってしばらく行くと、向こうから鼻の下に髭《ひげ》をはやした三十くらいの男がやって来た。ギリシャの男らしく小柄《こがら》だがガッシリした体つきをしている。私は心が浮き立つようで、すれ違うとき眼《め》が合った彼にこちらから笑いかけた。彼もにっこりと笑った。

満ち足りた気分で数歩行き過ぎた時、背後から声が掛かった。振り向くと、その髭の男が嬉《うれ》しそうに笑いながら言った。

「ユー・フリー？」

カタコトの英語だった。

「ユー・フリー?」

もういちど繰り返した。どうやら暇なのかと訊《き》いているらしい。もちろん、暇も暇、大の暇だ。

「イエス」

私が答えると、髭の男はさらに笑顔になって言った。

「ユー・ゴー・マイ・フレンド・ホーム?」

友達の家に行かないか?

「ユー・ゴー・バースデー・パーティー?」

どうやら友達の家で誕生日のパーティーがあるらしい。そこに一緒に行かないかと誘ってくれているのだ。

「アイ・ゴッドファーザー」

あなたがゴッドファーザーだって?

「イエス、イエス」

しかし、彼がマフィアには見えない。

「ボーイ・ネーム、アイ・ゴッドファーザー」

なるほどそれで理解できた。彼は友人の息子の名付け親であり、その子の誕生日のパーティーがあるのだ。

「アイ・ハッピー、ユー・ゴー」

めでたいのだから一緒に行かないかと誘ってくれている。ただ路上ですれ違い、笑顔を交わしただけの私を誘い、それを奇異にも思っていないらしい。私も嬉しくなり、喜んで連れていってもらうことにした。

　出会った地点から私が通ってきた道を少し戻ると、さっきは気がつかなかったが、右手の農道の奥に堅実な造りの一軒家が建っていた。

　髭の男が門から声を掛けると、私とほとんど同年配ではないかと思われるその家の主人が出てきた。二人は頻繁《ひんぱん》に会っていると見え、軽い握手で挨拶を済ませた。

　どうやら髭の男が私の説明をしているらしく、若い主人は私を見ながら笑っている。説明は簡単に終わり、若い主人は私の肩を抱くようにして家の中に案内してくれた。

　それにしても、髭の男は私についてどんな説明をしたのだろう。説明すべき材料が何もないはずなのだ。道で会ったので連れてきた。案外それだけしか説明せず、若い主人もそれだけで納得してしまったのかもしれなかった。

　家には、奥さんと二人の子供、それに若い主人の御両親と思われる老夫婦がいた。

子供は、ひとりが明るい金髪の二歳くらいの男の子で、もうひとりは母親の腕に抱かれた女の赤ん坊だった。髭の男が名付けたのはその男の子の方だという。

食卓にはチキンの丸焼きがでんとのっていた。しかし、それ以外はポテトとサラダという簡素なメニューだった。

不思議だったのは、私のような飛び入りが訪ねてきたにもかかわらず、老齢の御両親がまったく驚いていないように見えることだった。予定のメンバーが来たとでもいうように大騒ぎをしない。しかし、それでいて暖かい関心を寄せてくれていることは伝わってくる。御両親はまったく英語を解さなかったが、ニコニコしながら私たちがたどたどしい英語で会話するのを見守ってくれている。

乾杯のための酒にはこの家で造ったという自家製の赤ワインがグラスに注がれた。深い色をしたそのワインは、口に含むとがっしりとした重みを感じさせた。おいしいと言うと、それまでただ坐《すわ》ってニコニコしているだけだったおじいさんが、ワインの貯蔵タンクがある地下室に連れていってくれた。

戻ってくると奥さんの手作りのケーキが用意されていた。

チキンもおいしければ、ポテトもサラダもおいしかった。ワインもおいしく、ケーキもおいしかった。私は、行きずりの旅行者に過ぎない私をこのように歓待してくれた彼らに、どのように感謝の気持を表していいのかわからなかった。

その時、彼らが特に誕生日のパーティーだからといって写真など撮っていないことに気がついた。私のカメラで撮ってあげたらどうだろう。私が言うと、全員が喜んでくれ、テーブルの前に一列に並んだ。セルフ・タイマーを使って私も入って撮った。

記念撮影が一段落すると、奥さんがまだフィルムはあるかと訊ねてから、少し恥ずかしそうに自分を撮ってくれないかと言い出した。ここ何年と写真を撮っていないというのだ。

「それなら外に出ましょう」

庭に出ると、奥さんは庭の葡萄棚《ぶどうだな》の下に立ち、ちょっと気取ってポーズを取った。三枚ほどポーズを変えて撮ると、今度は若い主人も撮ってくれと言い出し、結局全員をひとりずつ撮ることになった。私はみんなの楽しそうな笑い声を聞いて、イスタンブールでカメラを売らなくて本当によかったと思った。

居間に戻ると、コーヒーを飲みながら、髭の男と若い主人とが間近に迫った選挙の話をしはじめた。

男の子が退屈そうだったので、私は奥さんに反古《ほご》紙をもらうと、小さく切って紙飛行機を折ってあげた。

それを実際に飛ばすと、ふわりふわりと浮いている様子が不思議でならなかったらしく、男の子はびっくりしたような顔つきになった。今度はスピードが出るミサイル飛行機、今度は宙返りをする曲芸飛行機。私が手振りで説明しながら次々と折って飛ばしていると、男たちも最初のうちはそれを横目に政治の話を続けていたが、やがて我慢ができなくなってきたらしく、自分たちも切ったり貼《は》ったりして飛行機を作りはじめた。そして、いつの間にか、居間から庭に出ての大紙飛行機大会になった。

そんなことをしているうちにも冬の日はしだいに傾きはじめ、夕方の空の色になってきた。髭の男がそろそろ帰ると言い出し、私も腰を浮かせかかると、お前は泊まっていけということになった。

髭の男が最も英語を喋《しゃべ》ることができる。彼がいなくなったあとのことを考えると、私も一緒に帰った方がいいと思えたが、一家の熱心さに負けて泊まらせてもらうことにした。

その夜、私たちは何ひとつまともな会話はできなかったが、少しも退屈しなかった。

顔を見合わせニコニコしているだけで充分だった。

用意されたベッドで横になった私は、電気を消した部屋の中でなかなか寝つかれなかった。それはベッドのスプリングや枕《まくら》などのせいではなく、この一夜が旅の神様が与えてくれた最後の贈り物なのかもしれないな、という感傷的な思いがどうしても消えようとしなかったからだ。

第十五章　絹と酒

地中海からの手紙

僕は、いま、地中海にいます。文字通り、地中海にいる、のです。つまり世界中の宝石を打ち砕き、その無数のかけらを敷きつめたように壮麗な海の上に。

ポセイドンという名のこの船は、やがてアドリア海に入ろうとしています。陽《ひ》は傾きはじめたとはいえ依然として強く照りつけ、甲板でこの手紙を書いていると白い便《びん》箋《せん》に跳《は》ねかえり、光に眼《め》を射抜かれてしまいそうになります。そのたびにペンの動きを止め、眼を上げなければなりません。船のまわりに鳥が飛んでいます。遠くに霞《かす》むアルバニアの陸地から飛んできたのか、それともはるばるギリシャからついてきたのか、何羽もの白い鳥が飛び交っています。

パトラスから船に乗ったのは昨日の夜のことでした。ギリシャでのうろつきを切り上げ、イタリアに渡ろうと決心したのです。パトラスはペロポネソス半島の最北部に位置する港町で、アテネの外港ピレウスほどの賑《にぎ》わいはないのですが、コルフ島やブリンディジへ到る航路が開けています。僕もそのイタリアン・ブーツの踵《かかと》にあたるそのブリンディジへ行くつもりなのです。

夕方、港に行くとすでに船は埠頭《ふとう》に横づけにされていました。ポセイドン号という勇壮な名前を持っていましたが、なんということもない平凡なフェリー・ボートにすぎません。ポール・ギャリコが天地を逆さにして楽しませてくれた、あの小説の中のポセイドン号とは比べようもありません。

出航は午後九時だということでザックを預け、パトラスの繁華街で時間をつぶしました。ギリシャ映画を探したのですが、残念ながらどこの映画館にもかかっておらず、仕方なしにフランス製の暗黒街物を見ることになりました。

船は正確に九時に港を出ました。この異郷で見送ってくれる誰がいるわけでもなく、埠頭を離れる前に船底の最下級の部屋に入ると、そのまま寝る支度を始めたのです。

客はほとんどいません。船室は、日本の二等のように板の間にゴザや緋毛氈《ひもうせん》を敷くといった体裁ではなく、椅子式《いす》になっています。椅子というと公園のベンチのような固いものを想像するかもしれませんがそうではなく、日本の病院の待合室にあるソファなどよりはるかにましな、快適と言ってもいいほどのクッションのついたシートでした。そこで眠ることも可能だったのですが、この航路を利用しなれているらしい中年のギリシャ人客にならって、簡単に取り外しができるシートをひきはがし、それをいくつも床に並べて寝ることにしました。

シートのベッドに、適度の温度とエンジンの軽い振動が加わることによって、この最下級の船室はこれまで泊まってきたどの安宿より快適なホテルとなってくれました。僕にとっては、手足を伸ばして眠れることが何よりもありがたかったのです。インドからバスの旅を始めて以来、安宿のドミトリーと呼ばれる大部屋で、ベッドひとつを百円、二百円で借り、寝袋にくるまって眠っていた身には、それだけで充分に豪華な睡眠でした。

朝、爽快《そうかい》な眠りから眼覚めることができました。

顔を洗い、パトラスで買っておいたサンドウィッチを持って甲板に出ました。その時の衝撃をどのように伝えたらいいものか。そこは四方すべてが青だけの世界でした。

海も空も陸さえも青だったのです。しかもその青がそれぞれ異なる輝きを持っている。とりわけ陸地に見える山々が、子供のころ偏愛した水色のクレヨンで描いたような、淡く透きとおるようなブルーだったことが、こちらの胸に強く響いてきたのかもしれません。地中海の水は、イスタンブールのトプカプ宮殿で見たエメラルドや翡翠《ひすい》よりはるかに美しく、深い色をたたえていました。

甲板の上に無造作に並べられているビニール張りのアーム・チェアーに体を沈め、サンドウィッチを頬張《ほおば》りながらぼんやり空を眺《なが》めていると、何十日ぶりだろう、こんなゆったりした気分で、こんなに優雅な刻《とき》を過ごすのは、といった思いが湧《わ》き上がってきます。まったく、何千キロも何万キロも満員の乗合いバスに揺られてきた身には、船の旅がこの上もなく贅沢《ぜいたく》なものに思えてなりません。

しかし、この船のうえで僕が感じていたものは、安らかさではなく、不思議なことに深い喪失感だったのです。体が空っぽになってしまったような虚《むな》しさが僕をとらえていました。

単純といえばこれほど単純な連想もないのですが、空っぽになってしまった自分を、東京のアパートに転がっているだろうウィスキーの空瓶《あきびん》のようなものと感じていました。黄金色で満たされていたはずのものが、いつの間にか空虚に透きとおったガラスだけのものになり、埃《ほこり》にまみれて転がっている。僕もまた最後の一滴を失い、空っぽの瓶になってしまったのではなかったか。

この明るすぎる陽差しの中で、僕はあらゆる肉塊、あらゆる骨片が溶解し、それと共に大切な何かが体の外に流れ出してしまったような喪失感にとらえられました。失ってしまったのだ。何かはわからないが、黄金色に輝く酒の精のようなものを……。

空瓶に、新たな黄金色の液体を流し込んだとしても、その喪失感が消え去るわけでないことはよく承知していましたが、この船の上で、他にすることといって思い浮かばなかったので、酒を呑《の》むことにしました。昨夜、乗船する際に、売店でバランタインが千円足らずで売られているのを眼に留めておいたのです。まがりなりにも国際航路です。売店は小さくとも、デューティー・フリー・ショップであることには変わりなかったのです。

僕は、買ってきた一本で、ひとりだけの酒盛りを始めました。甲板にじかに坐《すわ》り、アーム・チェアーに背中をもたせかけ、バランタインの王冠を開けました。本当に久しぶりの酒らしい酒でした。グラスがないので、瓶に口をつけて勢いよく流し込むと、これまでギリシャの素朴《そぼく》なワインに慣れ切っていた喉《のど》がカッと燃えました。少しむせたりしたのですが、鋭い刃物で切り裂かれるような刺激感を伴って、麦の精は胃袋まで気持よく落下していきました。

甲板には、食堂で食事をするのをもったいないと考える人たちが、思い思いのスタイルで遅い朝食をとっていました。酒を呑みながらそれを眺めているうちに、パトラスで木の実と干し葡萄《ぶどう》を買っておいたのを思い出しました。船室に行き、ザックから紙包みを取り出し、ふたたび甲板に戻って、それをツマミにさらに酒を呑もうとしました。

しかし、船室に行っているあいだに、僕の坐っていた場所は亜麻色《あまいろ》の髪をした若い女性に占拠されていました。気に入った場所だったのですが、まさかそこは僕の場所だから返してくれとも言えず、その横にある椅子を背もたれにして呑みつづけたのでした。

亜麻色の髪をした女性は袖《そで》なしの黒いランニング・シャツのようなものしか着ていません。陽差しが強いといっても秋から冬になろうとしている海の上です。あれで寒くないのだとしたら、あるいは彼女はアメリカ人なのかもしれないな、などとぼんやりと考えていました。しかし、彼女の前に並んでいるのはワインとパンとオレンジだけです。アメリカ人の朝食にしてはあっさりしすぎているかもしれません。いったいどこの国の人なのだろう。長旅をしていそうに見えるのですが、不思議と崩れたところがありません。彼女の、女としては鋭すぎるほど鋭い横顔を、しばし惚《ほ》れぼれと見つめてしまいました。

陽はますます高くなり、千円のバランタインの瓶は確実に減っていきます。少なくなるにつれて、瓶を高くかざして口に含まなくてはならなくなります。そのたびに酒は喉を焼き、太陽が眼を焼きます。体の中で酔いとの鬼ごっこが始まります。

「それを私にくれない？」

不意にどこからか女の声がしました。塩水で嗄《しわが》れたようなかすれ声でした。いささか朦朧《もうろう》とする眼で声がした方を見やると、亜麻色の髪の女性が、広げた紙の上に盛られた僕の木の実を指差しているのです。別に愛想笑いをするでもなく、幼児が欲しいものを手に入れる時のような仏頂面《ぶっちょうづら》で、ただ人差し指を突き出しています。しかし、酔いがそれを少しも唐突なこととは思わせなかったのです。

彼女はすでにパンを食べ終わっていました。オレンジも食べ終えていたのでしょう、彼女の長く投げ出された足の横には、エメラルド色のワインの瓶しか置いてありませんでした。ワインのツマミに木の実が欲しくなったのだろうと納得したものの、西洋に酒のツマミ、とりわけワインのツマミを必要とする食習慣があったのだろうかと思い、ふと、彼女はウィスキーを呑みたがっているのではないだろうかと考えました。

瓶の口をつまみ、これかと訊《き》くと、彼女は首を振り、また木の実を指差しました。僕は紙を引きちぎり、そこに木の実を包むと、こぼれないように口をひねり、彼女に放《ほう》り投げました。彼女はびっくりしたような表情を浮かべ、慌《あわ》てて両手で受け止めました。彼女がありがとうと言ったかどうか、それさえもはっきりしないまま、僕はふたたび体の中で酔いとの鬼ごっこを始めていました。

どのくらい時間が過ぎたでしょう。三分の一、四分の一と、ウィスキーはしだいに残り少なくなってきました。僕は明るい陽光の下で陶然となり、夢と現《うつつ》のあいだを往来していました。

夢の中で、どういうわけか亜麻色の髪の女性に、自分が歩いてきた道筋を懸命に説明しています。

ホンコン、マカオ、バンコク、チュムポーン、ソンクラー、ペナン、クアラルンプール、マラッカ、シンガポール、カルカッタ、ガヤ、ブッダガヤ、サマンバヤ、ラクソール、カトマンズ、パトナ、ベナレス、カジュラホ、デリー、ボンベイ、アグラ、アムリトサル、ラホール、ラワール・ピンディー、タクシラ、ペシャワール、カブール、カンダハル、ヘラート、シラーズ、イスファハン、エルズルム、トラブゾン、アンカラ、イスタンブール、テサロニキ、アテネ、ミケーネ、オリンピア、スパルタ、そしてパトラス……。

「長い旅だったのね」

彼女があきれたように言います。

「ああ、たっぷり三分はかかった」

照れ隠しにつまらない冗談を言います。

「絹みたいね」

僕には彼女の言葉の意味がすぐには汲《く》み取れません。どうして、と訊《たず》ねてしまいます。

「東から西へ、長い道のりを経てきた、絹なのね」

なるほど、東方の絹と同じような道を辿《たど》って、僕はこの海の上にやってきていたのです。

ふと眼が醒《さ》めます。前と少しも変わらず、彼女はワインを呑んでいました。彼女と話していたすべてが夢なのだろうか。しかし、夢にしてはあまりにも鮮やかに、シルクという美しい響きの英語が頭の中でリフレインされているのです。

シルクロードか。ウィスキーを口に含みながら、自分がただひたすら西へ行くために辿ってきた道が、「シルクロードの旅」といった観光コースとぴったり重なり合うことに、そのとき初めて気がついたように思えました。しかし、どこからどこまでをシルクロードというのかさえ、僕は知りません。自分が辿ってきた道がそう呼ばれるとするなら、なるほどと納得するくらいのものです。

僕にとってシルクロードとは、ただ単に西へ行くための交通路にすぎなかったのです。

城、館、寺院、博物館、遺跡、廃墟《はいきょ》。シルクロードで必見とされるどんな場所も、僕には無縁のものでした。何ひとつ見なかったというのではありません。見たり見なかったり。そこに寄るかどうかは、金のかかり具合と、その時の気分しだいだったのです。どうしても見たいと願ったものではなかったから、見たものですらその翌日にはほとんど忘れてしまうという有り様でした。シルクロードの歴史に対する理解も、風土に対する憧憬《どうけい》も、共に持ち合わせていませんでした。僕は東から西へ行くことだけを望んでいる通行人にすぎなかったのです。イスタンブール行きのバスで乗り合わせた、スリランカからの出稼《でかせ》ぎ人とまったく同じように。そのような人間にとっては、間違いなく、シルクロードは西へ続く一本の道でしかないのです。

その単なる交通路にしかすぎないシルクロードは、しかし同時に多くの危険に満ちた道でした。強盗や追いはぎが出るというのではありません。いや、確かにそれも出ることは出るのです。幌馬車《ほろばしゃ》でアジア・ハイウェイを踏破しようとしたアメリカ人の二人組が国境近くで殺されたとか、野宿をしていたヨーロピアンのアベックが襲われたとかいう話は、行く先々の安宿でよく耳にしました。だが、僕が危険という意味は少し違っています。

長い道程《みちのり》の果てに、オアシスのように現れてくる砂漠《さばく》の中の町で、ふと出会う僕と同じような旅を続けている若者たちは、例外なく体中に濃い疲労を滲《にじ》ませていました。長く異郷の地にあることによって、知らないうちに体の奥深いところに疲労が蓄積されてしまうのです。疲労は好奇心を摩耗《まもう》させ、外界にたいして無関心にさせてしまいます。旅の目的すら失い、ただ町から町へ移動することだけが唯一《ゆいいつ》の目的となってしまいます。どんなに快活で陽気なバイタリティーに溢《あふ》れているように見えても、このまま安宿のベッドに横になったら、ふたたび立つことはできないのではないかという危うさを、どこかに抱え込んでいるようでした。多くは、二十歳を超えていましたが、ポール・ニザンのいう「一歩踏みはずせば、いっさいが若者をだめにしてしまう」状態に陥《おちい》っていたのです。

西への途上で出会う誰もが危うさを秘めていました。とりわけそれがひとり旅である場合はその危うさが際立《きわだ》っていました。一年を越える旅を続けていればなおのことでした。しかし、と一方では思うのです。このような危うさをはらむことのない旅とはいったい何なのか、と。

次から次へと生み出される現代日本のシルクロード旅行記なるものも、その大半が甘美で安らかなシルクロード讃歌《さんか》であるように思われます。肉体上の苦痛、物理的な困難については語られても、ついに「一歩踏みはずせば」すべてが崩れてしまうという、存在そのものの危機をはらんだ経験について語られることは決してないのです。

かつてこんな文章を読んだ記憶があります。

《私のような小説家が、砂漠の国々の歴史や風土に惹《ひ》かれるのも、その未知の闇《やみ》の部分が、時に異様な五彩の虹《にじ》の如《ごと》きものを走らせるからに他ならないのである》

別の作家はこう書いたりもします。

《アジアとヨーロッパの間に広がるこの広大な神秘の地は、私の好奇心をゆすぶってやまなかった。立て！　と私のロマンチシズムは私に命じた》

どちらの大人《たいじん》も、シルクロードそのものを憧憬の対象として安らかで楽しい旅を続け、心地よい旅行記を残したのです。日本にいる時、僕もそれらを読み、充分に楽しませてもらったことを覚えています。

しかし、何かが違う、と今の僕には思えてなりません。

僕が西へ向かう途中に出会った若者たちにとって、シルクロードはただ西から東へ、あるいは東から西へ行くための単なる道にすぎませんでした。時には、彼らが、いつ崩れるか分からない危うさの中に身を置きながら、求道《ぐどう》のための巡礼を続けている修行僧のように見えることもありました。彼らは、もしかしたら僕をも含めた彼らは、頽廃《たいはい》の中にストイシズムを秘めた、シルクロードの不思議な往来者だったのかも知れません。しかし、彼らこそ、シルクロードを文字通りの「道」として、最も生き生きと歩んでいる者ではないかと思うのです。

滅びるものは滅びるにまかせておけばいい。現代にシルクロードを甦《よみがえ》らせ、息づかせるのは、学者や作家などの成熟した大人ではなく、ただ道を道として歩く、歴史にも風土にも知識のない彼らなのかもしれません。彼らがその道の途中で見たいものがあるとすれば、仏塔でもモスクでもなく、恐らくそれは自分自身であるはずです。

それが見えないままに、道の往来の途中でついに崩れ落ちる者も出てきます。クスリの使いすぎで血を吐いて死んでいったカトマンズの若者と、そうした彼らとのあいだに差異などありはしないのです。死ななくて済んだとすれば、それはたまたま死と縁が薄かったというにすぎません。

しかし、とまた一方で思います。やはり差異はあるのだ、と。結局、徹底的に自己に淫《いん》することができなかったからだ、と。少なくとも、僕が西へ向かう旅のあいだ中、異様なくらい人を求めたのは、それに執着することで、破綻《はたん》しそうな自分に歯止めをかけ、バランスをとろうとしていたからなのでしょう。そしていま、ついにその一歩を踏みはずすことのなかった僕は、地中海の上でこうして手紙を書いているのです。

取り返しのつかない刻《とき》が過ぎていってしまったのではないかという痛切な思いが胸をかすめます。もうこのような、自分の像を求めてほっつき歩くという、臆面《おくめん》もない行為をしつづけるといった日々が、二度と許されるとは思えません。

ここまで思い到った時、僕を空虚にし不安にさせている喪失感の実態が、初めて見えてきたような気がしました。それは「終わってしまった」ということでした。終わってしまったのです。まだこれからユーラシア大陸の向こうの端の島国にたどり着くまで、今までと同じくらいの行程が残っているとしても、もはやそれは今までの旅とは同じではありえません。失ってしまったのです。自分の像を探しながら、自分の存在を滅ぼしつくすという、至福の刻を持てる機会を、僕はついに失ってしまったのです。

妙に感傷的になってしまったようです。

空を見上げると、鳥たちがどこまでも船を追いかけてきていることに気がつきます。純白の羽をゆるやかに動かしながら、いつまでも離れようとしません。あるものは海面すれすれに、あるものはマストにからみつくように、微風に乗り柔らかな曲線を描きつつ飛んでいます。

その一羽の動きを眼《め》で追っていると、突然めまいがしました。昇り切った太陽が眼に入ったわけではないのです。鳥のあまりにも軽やかな飛行が胸をしめつけてきたのです。なぜなのか理由がわからないままに眼を閉じ、二度三度と首を大きく振ってみました。

終わってしまったのだ、とまた僕は思いました。そして、その時、瓶にわずかに残っている黄金色の液体が、急に疎《うと》ましいものに思えてきました。こんなものをいくら流し込んでも、この空虚さが消えるわけではない。そんなことはわかっていて呑みはじめたはずなのに、その時、僕はその液体が許しがたい背信を犯しているように思えたのです。僕は瓶を摑《つか》み、海の近くに歩み寄りました。海は泡《あわ》立っていました。青い海を船の舳先《へさき》が切り裂き、白い雪のような泡を残していく。僕は泡立つ海に黄金色の液体を注ぎ込んだのです。

飛光飛光
勸爾一杯酒

二十七歳で自身を滅ぼすことのできた唐代の詩人、李賀《りが》がこう詠《よ》んだのではなかったか。飛光よ、飛光よ、汝《なんじ》に一杯の酒をすすめん、と。その時、僕もまた、過ぎ去っていく刻へ一杯の酒をすすめようとしていたのかもしれません。

「気分が悪いの？」

背後で女の声がしました。驚いて振り向くと、そこに亜麻色の髪の女性が立っていました。身を乗り出すようにして海を覗《のぞ》き込んでいる姿を見て、もどしているのではないかと思ったのかもしれません。

「いや」

と僕は答えました。

「酒をすすめているのさ」

そう言いながら、自分はなんて馬鹿《ばか》なことを言っているのだろうと意識していなかったわけでもないのです。彼女に意味が通じるはずもない。ところが、彼女は訝《いぶか》しげな表情を浮かべるでもなく、黙って静かに頷《うなず》いたのです。僕の言いたいことが正確に彼女に伝わっている。僕にはそれが信じられました。そしてその時、彼女と交わした会話は夢の中のものではなかったのではないか、と思えてきました。微《かす》かな風が酔いのまわった体を心地よく通り過ぎていきます。

"Breeze is nice!"

ブリーズ・イズ・ナイス！　この台詞《せりふ》は、ネパールからインドへの苛酷《かこく》な列車の中で知り合ったイギリスの若者の言葉でした。僕はこの台詞を美しいものと思い、西へ向かう旅のあいだ中、いつも舌の上で転がしていたのです。そしていま、地中海の上で、思わず口を衝《つ》いて出てきてしまったのです。すると彼女は、一瞬、風を味わうように眼を閉じ、そして言いました。

"Yes, nice!"

黒いシャツから露《あらわ》になっている肩のうぶ毛が微《かす》かにそよいでいるようでした。その金色の輝きを見た時、僕は彼女についてなにひとつ知っていないことに気がついたのです……。

それだけの話です。

朝、あれほど美しい青に輝いていたアルバニアの山脈が、いまは陽《ひ》の光にさらされて黄土色の地肌《じはだ》を剝《む》き出しにされています。やがて陽が落ちて、それが薄紫に見える頃《ころ》、僕はイタリアに着いているはずです。

［対談］旅を生き、旅を書く

高田宏
沢木耕太郎

本章は、「波」一九九二年十月号に掲載されたものを再録しました。

十七年目の第三便

高田　『深夜特急　第三便　飛光よ、飛光よ』、完成おめでとうございます。第一便、第二便が出てからどのくらいになりますか？

沢木　約六年です。実際に旅をしたのは二十六歳の時ですから、もう十七年も前のことになります。もはや〝反時代的作品〟ですね（笑）。本当は、一便、二便の後、翌日にでも出ると自分でも思っていたんですが……。

高田　そんなにたちましたか。でも、ノンフィクションの書き手である沢木さんが、二十六歳の自分を作品のモデルとして見るにあたって、一便、二便を書くまでの約十年間と、今回の六年間にはそれぞれに意味があったような気がしますね。

沢木　正直な話、三便の目次まで最初に作って本に載せてしまったことがこの六年間、ずっと気になっていました。自分の旅を後から読み直すにあたって、目次を作った段階でひとつの作業が終わったと思うんです。で、その目次があと六章分残っていることに対して義理を果たさなければ、という気持ちが常に頭の中にありましたね。読者のことはあまり考えなかった（笑）。

高田 三便を書くにあたっての六年間は、三十代後半から四十代半ばという沢木さんの人生において大きな意味をもつ時間でしたよね。その間に、〝旅人・沢木耕太郎〟に対して一便、二便の時とは違う読み方ができていると思いました。

沢木 そうですね。長い旅は、大袈裟《おおげさ》にいえば一生と同じだと思うんです。幼年期があって、青年期、壮年期、老年期がある。その中で、青年期までが一、二便にあたるとすると、三便は収束の段階になるわけです。それを書くのが、実年齢でもだいぶ歳《とし》をとってからだったおかげで、すごく理解しやすかったような気がしますね。

高田 第三便の大きな特徴というのは、全体を通して〝旅とは何か〟ということが語られている点ですね。紀行文であると同時に「旅論」になっていますね。

沢木 そういう感じは強いかも知れません。人生においても、〝生とは何か〟ということは五十代、六十代になるにつれて次第に反芻《はんすう》しながら考えるようになるでしょう。それと同様に、一便、二便の青年期の頃《ころ》には、〝この旅は何だろう〟という問いかけは必要ではなく、旅を生きていればよかったんですね。場所も東南アジア、インドと波瀾万丈《はらんばんじょう》でしたし。それが、終わりに近づくにつれて、西欧という落ち着いた場所になったせいもあって、出来事がむこうから迫ってこないんですね。それに対する物足りなさも含めて、〝旅って何だろう〟と考え続けたところはありましたね。

芭蕉《ばしょう》との共通点

沢木　僕は、これまで自分の作品を人がどう読むか、ということには全く関心がなかったんです。書いた対象の人が生存している場合には、その相手がどう読んでくれるか、ということにだけは関心がありましたが、それ以外はどうでもよかった。でも、『深夜特急』だけは、場合によっては実用書として読んでくれるのかな、とかいろいろと考えてしまうんですよ。

高田　旅のハウ・ツーは読者は求めていないでしょう。小説を読むのと同じように読むんじゃないかな。

沢木　僕は中学一年生の頃に小田実《まこと》さんの『何でも見てやろう』を読んだんです。それで、旅への情熱のようなものは吹き込まれたけれど、具体的に一日一ドルで暮らすにはどうしたらいいか、といったことは書いてないので失望した記憶があるんです。

それと同じように、『深夜特急』の読者もあれを読んでも何も外国のことはわからなかったということになるんじゃないか、という気がするんですよ。有名な観光地にはほとんど行っていませんしね。

高田 第三便でも、エッフェル塔にはお金がもったいなくて昇ってないしね（笑）。

沢木 だから、もしあれを面白いと思ってくれている人がいるとしたら、何を面白がってくれているのか、正直いって僕にはわかりにくいんですよ。

高田 事実を探して読むんじゃなくて、そこにいる主人公の二十六歳の沢木耕太郎を読んでいくんですよ、読者は。もっと正面切っていえば、人生論として読むんだな。

沢木 そこまではどうか……（笑）。

高田 人間はいかに生きるべきか、という昔からの問いをこの『深夜特急』に読むという読者は相当いると思うな。それがたまたま、ユーラシア大陸への旅という形をとっている、と。

沢木 でも、この作品に書かれているのは、ある出来事にたいして自分が行動面、心理面でどういうリアクションをしたか、ということであって、アクションと呼べるようなものはほとんどないんです。高田さんが紀行文をお書きになる場合も、リアクションを書いているんだという意識はもっていらっしゃいますか？

高田　例えば、僕が書いた縄文杉《じょうもんすぎ》のことを例に挙げれば、本当の意味であれを書くということはできないんです。つまり、幹回りが十六メートルで根回りが四十何メートルといったことを書いても、縄文杉を書いたことにはならない。従って、結局は縄文杉に会ってから歳月がたつに連れて自分の中に縄文杉が根を張って存在してくる、それを書くわけです。だから、リアクションといえばリアクションで、それは『深夜特急』の書き方と同じじゃないかな。もはやそれは虚構なんですね。

沢木　つまり、動いている物を摑《つか》もうとしているわけですね。

高田　そう。今の自分が読み取った形で作り上げているものでしょう。だから、仮に縄文杉が枯れても、僕の中にはもっと強く根を張って存在し続けると思う。そうなると完全に虚構の世界ですね。それと同様に、『深夜特急』ももちろんよい意味で虚構として読ませてもらいました。

沢木　虚構の『深夜特急』の旅を十七年間かけて旅したという感じですね。たった一年の旅を十七年もかけたというのはすごいことかも知れない（笑）。

高田　でも、僕はこの作品から芭蕉の『おくのほそ道』を連想したんですが、彼は元《げん》禄《ろく》二年、四十六歳の時に百五十日くらいかけて奥州、北陸を旅しています。しかし、『おくのほそ道』が定稿になったのは、学者の解説によると五十一歳で彼が死ぬ年らしいんです。芭蕉も、自分の百五十日の旅をすぐには書かないで、後から作品化していくという作業をしたんですね。もちろん、旅の途中でメモなどは付けたでしょうがそれは材料にすぎず、作品化する時に事実を変更したりもして、死ぬ年までかかって書き上げた。読みながら、それとイメージが重なるのを感じましたね。

沢木 確かに、旅を即文章化する必要というのは全くないんですね。旅を反芻しながら、或《あ》いは鍛えながら文字化していくということは以前には多くなされていたんだ。実は、十何年もたって旅を文章にする意味は何なのか、と聞かれた時に答える論理的な構えがなかったんですが、それを伺って励まされました。これからは堂々と言っちゃいましょう、芭蕉だってね、と(笑)。

「漂泊」の表現者

沢木 僕はある時、現代に書かれた日本の紀行文を読んでいくという作業をやったことがあるんです。それで気付いたんですが、帰りが決まっていない旅の紀行文というのはほぼ皆無なんですね。みんな例えば、二年間留学をして帰るとか、二ヵ月間取材をして帰るという旅で、帰りの決まっていない旅をした人はもちろんいるんでしょうが、それは書かれていないんです。

高田　作品化されていないんですね。

沢木　そうなんです。僕は帰りを決めていない旅をしている人が、どうやって〝さあ、帰ろう〟と決めるのかということに興味をもっていたんですけどね。

高田　今度の第三便はその〝旅の終わり〟というのが一つのテーマでしたね。

沢木　そうです。どうやって旅を終わらせるか、ということですね。ただ、現代の日本の紀行文にはそのサンプルがなくて、唯一《ゆいいつ》あるとしたら金子光晴だけなんです。彼は、ヨーロッパへ行ってフラフラした挙げ句に「潮時を逃さないように、さあ帰ろうか」と言って日本に帰ってくるんですが、それ以外に現代の日本人は終わりが決まっていない旅をあまりしていない。ある時、竹西寛子さんにその話をしたら、でも、近世においてはそういうことをやった人は沢山いるじゃないか、と言われたんです。それで、〝あっ、そうか〟と思ったんですが、芭蕉にしてもそうなんですよね。

高田　『おくのほそ道』の最初の方で「古人も多く旅に死するあり」と言ってますよね。自分も旅の途中で死ぬ可能性を考えて、家も手ばなして出かけていますね。

沢木　ですから、そのような文学的伝統があるのに、それを受け継いだ紀行文が途絶えてしまっているでしょう。そのことにある時気付いたんですよ。

高田　なるほど。芭蕉の場合、旅に出て途中で死ぬことにむしろ憧《あこが》れをもっていますね。決してそれは失敗ではなく、むしろ旅の完成であるという感覚なんでしょう。

沢木　そこにおいては、旅というものと、生というものがイコールとなって存在しているわけですね。そのような旅を存在させることは、現在では難しいんでしょうか。

高田　どうでしょうか。難しくはないんだろうと思う。作品として存在させることはね。ただ、その問題は、突き詰めると「定住」と「漂泊」という問題になると思いますが、「漂泊」というものに対する恐怖心が現代の多くの人にはあるでしょうね。

沢木　非生産的ですからね。

高田　何も役に立たない感じがするので、そこにのめり込むのは人間としてまずいんじゃないか、という感覚はほとんどの人がもっているでしょう。

沢木　でも、それは非常に面白い問題で、それではなぜ、かつて芭蕉を始め多くの人が腹をくくって「漂泊」というような存在の仕方を選んだかというと、そこに文学というものが出てくると思うんです。「漂泊」というのは非生産的な行為にもかかわらず、文章を書くという一点において生産性をもち、それによっていわばマイナスが一挙にプラスに転化してしまう。そのことを彼らは知っていたんじゃないですか。

高田 確かに彼らは知っていたし、実際に文章で表現もした。でも、そればかりではないという気もしますね。定住社会、生産社会からドロップアウトしたいという欲望は、多くの人の心の底に眠っているでしょう。その欲望を解放した時、結果として「漂泊」の文学表現に繋《つな》がることもある。でも、一方でそれは浮浪者として何もせずに生きていくという生のあり方に繋がる場合も出てきますよね。

沢木 ええ、現実には何も表現しない人が無数と言っていいかどうかわかりませんが、存在しているんでしょう。そして、文学表現をする「漂泊者」がいたとしたら、その中間的存在なんでしょうね。

高田 ヘッセの『クヌルプ』は、一生を漂泊の中に送り、最後は雪山で凍死してしまいますよね。その時に神が現れて、〝クヌルプよ、それでいいんだ。世の中の多くの人は定住して生きているが、時にお前のような存在も必要なのだ〟と言う。つまり、「漂泊」の欲望は多くの人が押さえつけていますが、それを出す人間もいないと、世の中は硬直化して腐ってしまう、ということをヘッセは言いたかったんですね。

沢木 今の日本でも、「漂泊」に匹敵する存在の人が文章を書くということがもう少しあれば面白いと思うんですけどね。

高田　『深夜特急』のように実際には帰って来ているんだけれども、作品上は帰って来ないという文学作品としての「漂泊」は、多くの人のガス抜きのための装置として必要だと思いますね。

迷子になる可能性

沢木　高田さんは「木」という概念、或いは実体をもとにしていろいろなことを考察しておられますよね。それにあたる言葉が僕の中にあるとしたら「道」なんですよ。

高田　ああ、なるほど。「ロード」ですね。

沢木　そうです。その「道」について考えると、旅をしていた時には、地球の距離感が肌《はだ》でわかっていたんです。例えば、東京からこのくらい歩いて行くとパリに着く、という感覚が自分の中にありました。それは、日本からヨーロッパまでバスで地表を走っていったからだと思うんです。「道」を走っていったおかげで、ある意味で地球全体を感じることができたんですが、その感覚は残念ながら十七年たった今は消えてしまいましたね。

高田　でも、その距離感というのは大事ですよね。僕も日本を旅する時にまず飛行機には乗らない。それから、各駅停車の列車に好んで乗っていますね。それは、距離感が摑めないと、僕の中で旅が発生してくれないからなんです。

沢木 だから、石垣島《いしがき》に行くのにも船に乗る（笑）。

高田 大阪までは新幹線だけど、そこからは船で行った。そうすると、飛行機ならわずか四時間のところを四日かかるんですが、そうやって行くと石垣島の存在が非常によくわかってくるんです。だから、「旅を生きる」感覚というのは、基本的には徒歩でしょうね。芭蕉のように。

沢木 そうですね。それで恐らく、芭蕉の体の中には日本の中をどのようにしてどのくらい歩けばどこに着くか、という感覚があったと思うんです。芭蕉だけでなく、当時の人にはそういった距離に対する感覚があったんでしょうね。

高田 そうだと思います。それと同時に、常に迷子になる可能性をもっていたんですね。つまり、予定通りにはなかなか行かないわけです。『深夜特急』もそうですが、その迷子になる可能性というのが、旅の本質に含まれているんじゃないのかな。

沢木 それは重要なファクターですね。迷子になる可能性がないのは旅ではない、という言い方もできるかも知れませんね。

高田 なぜかわからないが、迷子になってしまうというのが旅なんじゃないですか。

人に会う旅、木に会う旅

沢木　それから、『深夜特急』の旅では、旅をしていて違う方向から来た人たちと擦れ違うという感覚を味わうことができたんですが、それも僕にとってたった一度の経験でしたね。

高田　沢木さんの旅と僕の旅の現象面で違う点は、沢木さんは人に会うんだ。僕も酒場に行ったりして人には会いますが、どちらかというと、ほかの生物、存在に出会うことを内心密《ひそ》かに求めているところがあるんです。それは木であったり、山の中でばったり出会ったカモシカだったりするわけですが、ほかの動物や植物と出会うことが人間に会うのと同じように面白くなってきたんですよ。年をとるにつれて。

沢木　その辺はある種の教養の問題だと思いますね。動物、植物といったものに対する教養。それがないと、単純に言えば面白がれないんですね。つまり、自分の背丈以上の物は見えないんですよ。だから、『深夜特急』の旅でも、あの時僕が美術品や遺跡を見なかったのは、自分にはそれを理解する教養がないということがはっきりわかっていたから、拒絶したんですね。

高田　唯一、見たのが第三便に出てくるローマのミケランジェロの「ピエタ」でしょう。あの部分はよかった。

沢木　あれだけですね、反応したのは。あれは、きっと誰にでもわかるんでしょう。

高田　いや、どうだろう。とにかく、『深夜特急』をずっと読んでくると、あそこで沢木耕太郎が反応したということは、読者を引きつけますね。それまでにあちこちの美術館で沢山の物を見てきた上だったら、読者もビックリしないでしょうが……。

沢木　あれはタダで見ることができたんですよね（笑）。

高田　その〝安い〟とか〝タダだ〟というのが『深夜特急』を貫いているキーワードですね（笑）。

沢木　僕は決してケチではないつもりなんですが、この旅の間に恐怖心のようなものが染みついたようで、今でも外国に行くとお金を使いたくないんですよ。第二の本能のような習性ができてしまったみたいです。

高田　でも、お金がない方が逆においしい物が食べられたり、旅が楽しくなるという側面はありますよね。ところで、第三便の最後の一行はいつごろ考えたんですか。

沢木　いや、本当にギリギリになってからなんです。

高田　あの終わり方を読むと、第四便もあるんじゃないかと期待したくなりますね。

沢木　そうですか。最後の部分を書いている時、ようやく競技場に戻って来て、もうすぐゴールなんだと思いました。でも、一着じゃなくて随分遅くにフラフラになって帰って来たから、インタビューはないな、なんて（笑）。

高田　でも、オリンピックなんかでもそれが一番拍手が多いんですよね（笑）。

あの旅をめぐるエッセイⅤ

書物の漂流

小説を読んでいて不覚にも涙を流しそうになったことがある。確かにそれが物語の中段とか終局においてというなら別に珍しいことではない。取り立てて口にするほどのことでもないだろう。その時、私は第一章の第一節の第一行目を読んでいたのだ。第一行目の活字を眼にした時、不意に胸が熱くなってしまった。驚いた。狼狽《ろうばい》したといった方が正確かもしれない。――私は山本周五郎の『さぶ』を読んでいたのだ。

私の友人に、大勢の仲間と徒党を組んで、ヨーロッパやアフリカを芝居をしながら流れ歩いた男がいる。その友人が日本に帰ってきてこういった。仲間たちの多くが異国で最も熱い思いで読むことのできた書物は、他の誰でもなく司馬遼太郎と山本周五郎の小説であった、と。そして友人は、山本周五郎の文章を読むと、別に何が哀しいというわけでもないのに涙がこぼれそうになって困った、ともいった。当時、そのいずれの作家もまだ本格的に読んだことのなかった私は、その話を笑って聞き流したが、それから数年後に、平手打ちを喰うような強烈さで思い起こさせられることになった。

シルクロードを西に向かって歩いている時のことだった。中近東のどこかの町ですれちがった日本人に、一冊の文庫本を貰《もら》った。何百日も故国を離れ、異国をほっつき歩いている者にとって、母国語の書物はひとつの宝石である。少なくとも私は、食物より日本の書物を恋しく思うようになっていた。話されるものであれ、書かれたものであれ、日本語への飢餓感は常に満たされることがなかった。砂漠を走るバスの中で、風景に眼をやりながら、ひとりでブツブツ日本語を呟《つぶや》いている自分に気がついて、ドキッとすることもあった。稀《まれ》にシルクロードを東に下ってくる日本人に行き会うと、しばらくは日本語で言葉をかわし、別れ際に持ち合わせている日本語の本を交換するのが常だった。すでに読み終え、ただの石ころに化してしまった荷物としての書物を、相手の宝石のような書物と交換するわけだ。もちろん、事情は相手にとっても変わらない。私の石は相手の宝石になるはずだった。それから読み終わるまでの何日かは、心が弾むような刻《とき》が持てることになる。事実、そのようにして松本清張や司馬遼太郎の一冊の本が、シルクロードを何十回となく往ったり来たりしているのだった。

その時、私が相手に何を渡したのかは記憶にないが、貰ったのは『さぶ』だった。文庫本用のカバーはすでになく、剝《む》き出しにされた表紙にはくっきりと手垢《てあか》がついていた。少なくとも三、四人の手は経てきているに違いないと思わせるような貫禄がついていた。相手と別れ、街道沿いのチャイハナで紅茶をすすりながら、私は山本周五郎をひろげた。ところが一行目の活字を眼で追っているうちに、なぜか急に胸が熱くなってしまったのだ。

たとえば『さぶ』の後半部で描かれる、無私の献身をつづけるさぶの、栄二へのたった一度の爆発といったシーンに心を揺さぶられたというなら、自分でも納得できる。照れ臭いかもしれないが狼狽はしないだろう。ところが、私は一行目で駄目になってしまったのだ。

《小雨が靄《もや》のようにけぶる夕方、両国橋を西から東へ、さぶが泣きながら渡っていた》

駄目になった理由がわからなかった。さぶを追ってきた栄二が登場すると、さらに激しく感情を揺さぶられることになった。

《「帰るんだ」と栄二がいった、「聞えねえのか」

「いやだ、おら葛西《かさい》へ帰る」とさぶがいった、「おかみさんに出ていけっていわれたんだ、もう三度めなんだ」

「あるきな」といって栄二は左のほうへ顎《あご》をしゃくった、「人が見るから」》

しかし、ここに到《いた》っても、まだ一ページ目が終わるか終わらないかという部分でしかないのだ。私は訳がわからないままに、しばらく本をテーブルの上に伏せた。その先を読み進むことができなかった。

何日かして『さぶ』は読み終えた。感動的な作品ではあったが、一行目に自分は何故あれほど深く揺り動かされたのか、そのことが気になって十全に作品世界へ没入しきれなかったように思えた。

しかし、本当になぜだったのだろう。山本周五郎の言葉ではないが、ただ単に「孤独に蚕食《さんしょく》」されて涙もろくなっただけなのだろうか。恐らく、その時の私もそれに近い理解の仕方をして、自分を納得させていたと思う。だが、そうであるなら、『さぶ』の一行目でなければいけないという必然性はない。

いまとなれば、その時の動揺は山本周五郎の文体の力によってもたらされたものに違いない、と考えることができる。霧のようにけぶる小雨、両国橋という名の橋、さぶという名の若者、橋を渡るという感覚。一片の雲もなく、一滴の雨も降らない中近東の砂漠にいる私には、それらのすべてがひとつの世界を現前させる激しい喚起力を秘めていた。しかもその世界は、遠ざかりつつあり再び戻ることはできないのではないかと怖《おそ》れていた土地の、鮮やかな象徴として現前したのである。

文庫本の『さぶ』は、イスタンブールですれちがった大学生に渡した。それから何カ月かして、戻れないのではないかと怖れていた日本に帰ることになった。帰った私は再び『さぶ』を手にすることもあったが、あの時のような胸の熱さは二度と覚えることはなかった。

しかし、あの文庫本の『さぶ』は、いまでもなお、シルクロードをゆっくりと往き来しているのかもしれないのだ。そう思うと、ほんの僅《わず》かだが、胸が震える。

（79・10）

この作品は、一九九二年十月新潮社より刊行された『深夜特急　第三便』の前半部分です。

沢木耕太郎著

チェーン・スモーキング

古書店で、公衆電話で、深夜のタクシーで――同時代人の息遣いを伝えるエピソードの連鎖が、極上の短篇小説を思わせるエッセイ15篇。

沢木耕太郎著

ポーカー・フェース

これぞエッセイ、知らぬ間に意外な場所へと運ばれる語りの芳醇に酔う13篇。鮨屋の大将の教え、酒場の粋からバカラの華まで――。

沢木耕太郎著

バーボン・ストリート

講談社エッセイ賞受賞

ニュージャーナリズムの旗手が、バーボングラスを傾けながら贈るスポーツ、贅沢、賭け事、映画などについての珠玉のエッセイ15編。

沢木耕太郎著

檀

愛人との暮しを綴って逝った「火宅の人」檀一雄。その夫人への一年余に及ぶ取材が紡ぎ出す「作家の妻」30年の愛の痛みと真実。

沢木耕太郎著

凍

講談社ノンフィクション賞受賞

「最強のクライマー」山野井が夫妻で挑んだ魔の高峰は、絶望的選択を強いた――奇跡の登山行と人間の絆を描く、圧巻の感動作。

沢木耕太郎著

旅する力

―深夜特急ノート―

バックパッカーのバイブル『深夜特急』誕生前夜、若き著者を旅へ駆り立てたのは。16年を経て語られる意外な物語、〈旅〉論の集大成。

沢木耕太郎著
波の音が消えるまで
—第1部 風浪編／第2部 雷鳴編／第3部 銀河編—

漂うようにマカオにたどり着いた青年が出会ったバカラ。「その必勝法をこの手にしたい」——。著者渾身のエンターテイメント小説！

山本周五郎著
樅ノ木は残った
毎日出版文化賞受賞（上・中・下）

仙台藩主・伊達綱宗の逼塞。藩士四名の暗殺と幕府の罠——。伊達騒動で暗躍した原田甲斐の人間味溢れる肖像を描き出した歴史長編。

山本周五郎著
正雪記（上・下）

染屋職人の伜から、〝侍になる〟野望を抱いて出奔した正雪の胸に去来する権力への怒り。超大な江戸幕府に挑戦した巨人の壮絶な生涯。

山本周五郎著
赤ひげ診療譚

貧しい者への深き愛情から〝赤ひげ〟と慕われる、小石川養生所の新出去定。見習医師との魂のふれあいを描く医療小説の最高傑作。

山本周五郎著
寝ぼけ署長

署でも官舎でもぐうぐう寝てばかりの〝寝ぼけ署長〟こと五道三省が人情味あふれる方法で難事件を解決する。周五郎唯一の警察小説。

山本周五郎著
季節のない街

生きてゆけるだけ、まだ仕合わせさ——。貧民街で日々の暮らしに追われる住人たちの15の悲喜を描いた、人生派・山本周五郎の傑作。

塩野七生著

チェーザレ・ボルジア あるいは優雅なる冷酷

毎日出版文化賞受賞

ルネサンス期、初めてイタリア統一の野望をいだいた一人の若者——〈毒を盛る男〉としてその名を歴史に残した男の栄光と悲劇。

塩野七生著

サイレント・マイノリティ

「声なき少数派」の代表として、皮相で浅薄な価値観に捉われることなく、「多数派」の安直な〝正義〟を排し、その真髄と美学を綴る。

塩野七生著

ルネサンスとは何であったのか

イタリア・ルネサンスは、美術のみならず、人間に関わる全ての変革を目指した。その本質を知り尽くした著者による最高の入門書。

塩野七生著

想いの軌跡

地中海の陽光に導かれ、ヨーロッパに渡ってから半世紀——。愛すべき祖国に宛てた手紙ともいうべき珠玉のエッセイ、その集大成。

阿川弘之著

山本五十六

新潮社文学賞受賞（上・下）

戦争に反対しつつも、自ら対米戦争の火蓋を切らねばならなかった連合艦隊司令長官、山本五十六。日本海軍史上最大の提督の人間像。

阿川弘之著

米内光政

歴史はこの人を必要とした。兵学校の席次中以下、無口で鈍重と言われた人物は、日本の存亡にあたり、かくも見事な見識を示した！

新潮文庫最新刊

深《しん》夜《や》特《とっ》急《きゅう》5

―トルコ・ギリシャ・地中海―

新潮文庫　さ-7-55

平成六年六月一日発行
令和元年八月五日六十二刷
令和二年九月一日新版発行

著者　沢《さわ》木《き》耕《こう》太《た》郎《ろう》

発行者　佐藤隆信

発行所　株式会社　新潮社

郵便番号　一六二―八七一一
東京都新宿区矢来町七一
電話　編集部(〇三)三二六六―五四四〇
　　　読者係(〇三)三二六六―五一一一
https://www.shinchosha.co.jp

価格はカバーに表示してあります。

乱丁・落丁本は、ご面倒ですが小社読者係宛ご送付ください。送料小社負担にてお取替えいたします。

印刷・株式会社光邦　製本・株式会社大進堂

ISBN978-4-10-123532-5 C0126